Um homem estranho

Sandoval Assef

Um homem estranho

1ª Edição
POD

KBR
Petrópolis
2015

Edição de texto **Noga Sklar**
Editoração **KBR**
Capa **KBR**
Imagem da capa **"Sussurro", óleo sobre tela de Mahmood Sabzi.**

ISBN **978-85-8180-371-5**

KBR Editora Digital Ltda.
www.kbrdigital.com.br
www.facebook.com/kbrdigital
atendimento@kbrdigital.com.br
55|21|3942.4440

FIC027020 - Ficção Contemporânea

Sandoval Assef é advogado e escritor. Nascido em Patos de Minas, vive atualmente em Belo Horizonte. Na literatura pratica gêneros diversos, da poesia à prosa erótica, sendo sua obra marcada pela ousadia e controvérsia. Pela KBR, publicou *Contraponto* e *Diacho de vida*.

Email do autor: sandoval_assef@yahoo.co.uk

*Para minha mulher Rosiane, crítica amorosa do
que escrevo, meu amor incondicional.*

*Meu muito obrigado especial à editora Noga Sklar,
por sua paciência, orientação profissional e acendrado
amor a tudo que faz.*

Sumário

1.

Josué era uma pessoa diferente, estranha, para dizer o mínimo, de poucos sorrisos e raros amigos. Não se aproximava de ninguém com quem pudesse repartir suas alegrias, angústias e segredos. Compartilhar alegrias seria impossível, pois nunca demonstrava nenhum sentimento que se assemelhasse a contentamento. Nem quando nasceu sua primeira filha, Larissa, esboçou um sorriso ou fez um gesto de agrado à mulher, Cleonice.

Era estranho desde menino, solitário, retraído, distante de outros meninos e de suas brincadeiras. Sua mãe, Balbina, uma mulher descabelada que cuidava de outros seis filhos, espremida numa renda apertada que seu marido Baltazar lhe entregava todo fim de semana, só tinha uma preocupação na vida: Josué, seu filho caladão.

O pai, único que trabalhava na casa, nunca tivera emprego fixo. Dizia que nenhum ordenado seria suficiente para pagar suas obras de carpinteiro e de refinada marcenaria. Ficar parado, dias e semanas sem serviço, não o preocupava. Poucas pessoas chamavam Baltazar para fazer móveis, fazia em geral apenas pequenos reparos em móveis quebrados. Seu preço era muito alto ou muito baixo; dependia de sua necessidade, da fome de seus filhos e dos gritos de Balbina.

Bom profissional, Baltazar não pensava em ter sua própria oficina. Era seu jeito de ser; não recebia ordens de patrão, mas não queria dar ordens tampouco. Entre trabalhar recebendo salário fixo e fazer pequenos serviços aqui e ali, decidira-se pela incerteza. Não se importava se teria pão todos os dias ou se faltaria arroz e feijão nas semanas seguintes. Era a pressão da mulher que o movia a trazer dinheiro para casa.

Balbina, sobrecarregada de serviço e obrigações de dona de casa, não tinha tempo para trabalhar fora e engordar o orçamento. Era uma mulher forte, não aparentava ter quarenta e cinco anos de idade. Alguns cabelos brancos apareciam em mechas, embelezando a cabeleira negra e malcuidada.

Deixava as preocupações do dia fora do leito. Nunca negou sexo ao marido. Gostava de ser mulher e nunca tinha evitado filhos. A filosofia do casal era "Deus dá, Deus cria". Os filhos eram saudáveis: seis meninos e uma menina completavam a família. Não havia grande diferença de idade entre eles. Nasciam com intervalos de um ano, um ano e meio. O mais novo estava com dois anos; o mais velho, com 16, era responsável, estudioso, e já ajudava o pai no conserto e fabricação de móveis.

Balbina e Baltazar tinham se casado quando ela tinha 21 anos, e já se considerava uma solteirona encalhada. O primeiro filho a quem batizaram com o nome do pai, nasceu depois de seis anos, já estavam tristes pela demora. Foi uma festa. Depois, com uma gravidez sucedendo à outra, em intervalos pequenos, ficaram quietos. Os gêmeos, "rapas do tacho", completaram sete filhos, e foram batizados como Pedro José e José Pedro. Durante o parto, sem lhes perguntar, o médico do hospital público deu um basta na filharada exagerada. Para o casal foi um fato natural: Deus decidira que já lhes dera filhos suficientes.

Josué, na época com cinco anos, era o terceiro filho. Balbina confundia suas idades e até seus nomes, e somente Josué recebia seus cuidados, era uma ideia fixa. Procurava se desculpar, dizia para si mesma que ele era diferente, triste, precisava de mais carinho. Mas Josué não reagia às atenções da mãe, nem se aproximava do pai, que tratava a todos igualmente, não tinha se apegado nem à única filha, que nascera após Baltazar, apelidado de Júnior.

Na medida em que os filhos foram crescendo e comendo mais, as despesas foram aumentando. Baltazar não podia mais ficar esperando que o procurassem, saía à procura dos fregueses antigos e se oferecia até para costurar estofamentos e remendar poltronas de couro. Tinha deixado de lado sua vaidade de bom carpinteiro e excelente marceneiro e aceitava qualquer tipo de serviço, mesmo aqueles para os quais não tinha nenhuma habilidade.

Com isso foi ganhando mais freguesia, e iniciando o filho mais velho no ofício de biscateiro e faz-tudo, um homem indispensável no dia a dia das donas de casa angustiadas com pequenos consertos. Trocava carrapetas, desentupia pias, consertava enceradeiras, trocava resistência de chuveiros.

Júnior aprendia depressa e trabalhava rápido. Pai e filho não conseguiam atender a todos os chamados, e resolveram montar uma pequena oficina nos fundos da casa em que moravam. Cobravam uma taxa extra pela visita para retirar e depois reinstalar chuveiros, e as pessoas passaram a ir até a oficina, onde os dois consertavam quase tudo.

O filho era atencioso e logo tomou a frente do pequeno negócio. Atendia os fregueses, dava o preço e marcava o dia em que poderiam buscar. O pai procurava esquecer que era um marceneiro habilidoso. Ficava num canto da oficina, onde consertava o que aparecesse. Raramente levantava os olhos quando alguém o cumprimentava.

Baltazar viveu pouco. Quando faleceu, a família passou a ser sustentada por Júnior, que abandonou a escola antes de completar o segundo grau. Por falta de espaço, tempo e desinteresse por consertos variados, que exigiam estoque de peças, foi mudando de ramo aos poucos. A oficina se especializou em reforma de sapatos, bolsas e cintos de couro. Os consertos de bolsas e pequenas malas foram terceirizados, Júnior dividia o lucro com o prestador de serviços.

A oficina cresceu. Júnior alugou um espaço e se mudou para uma garagem sem uso, perto de sua casa. Colocou uma placa: "Passo a Passo, Renovadora de Calçados". Comprou novas ferramentas, e com enorme sacrifício uma braquiadeira para costurar solados. A máquina ficou quase parada, não havia encomendas suficientes para fazê-la funcionar o tempo todo. Com o correr do tempo, no entanto, se tornou importante. Júnior prestava serviços para sapateiros artesãos, que não podiam adquirir maquinário caro, e comprou também quatro pés de ferro, tachas, arestas e outros utensílios, como martelos de cabeça redonda, sovelas, torqueses.

Balbina, viúva e sem nenhuma experiência além de cozinhar, lavar e passar roupa, ficou na dependência do filho. Quando os gêmeos cresceram, se empregou como doméstica em uma casa de família, mas por pouco tempo. Logo em seguida arranjou um emprego com carteira assinada, como cozinheira em um bar e restaurante que servia almoço. O novo emprego da mãe proporcionava à família fartura de restos de comida que o patrão liberava no fim do dia.

A vida corria sem grandes sobressaltos. Não pagavam aluguel, Baltazar deixara a casa quitada pelo seguro, mas os impostos se acumulavam. Havia a conta de luz e a de água, das quais Júnior não se descuidava. Todos os filhos estudavam na escola pública, e quando precisavam de algum remédio para gripes e resfriados havia o posto médico mantido pela prefeitura. A preocupação de Balbina continuava sendo Josué, o filho solitário, distante, alheio ao mundo que o rodeava.

Balbina relembrava a infância dos filhos. Cada um era de um jeito: alguns, alegres e brincalhões, outros emburrados ou pirracentos. Brigavam entre si, mas depois faziam as pazes, somente Josué não agia nem reagia. Balbina observava e sofria. Um dia, encontrou Josué dentro do pequeno galinheiro que ficava nos fundos do lote. Estava quieto, e quando ela o chamou, não respondeu. Foi preciso que a mãe se aproximasse e o tocasse, para que saísse do transe em que se achava mergulhado.

— Estou chamando você há muito tempo. Não ouviu?

Josué olhou-a demoradamente. Depois levantou-se e a seguiu até a cozinha. Comeu o que ela servira no prato, lavou a louça que usara e colocou no escorredor, antes de sair e voltar direto para o galinheiro. Só saiu de lá ao entardecer, quando Balbina veio buscá-lo e lhe disse para tomar banho, pois estava fedendo como as galinhas. Ainda tentou conversar com o filho, mas diante do silêncio dele, desistiu.

Consolou-se: *Talvez outra hora. Hoje Josué não quer falar.*

Um dia, saindo do restaurante, passou na oficina para deixar um sapato para consertar. Quando viu Josué no fundo da garagem, observando um sapateiro trabalhar, ficou surpresa. Josué estava se interessando por alguma coisa, poderia trabalhar com o Júnior e aprender uma profissão. Seria motivo para ficar mais tranquila, teria dois filhos encaminhados na vida. Os dois nunca tinham se interessado pelos estudos, Josué porque não se interessava por nada e Júnior por causa da situação.

Observando o filho, distraído com o trabalho do sapateiro, Balbina notou que havia algo estranho na boca dele. Foi até ele e perguntou o que ele estava comendo. Josué a olhou desinteressado e cuspiu um bocado de pregos, daqueles de pregar saltos nos sapatos masculinos. A mãe ficou horrorizada, e o levou pela mão até em casa. Tentou conversar com ele, mas só conseguiu ficar furiosa. Josué sorriu e disse que estava com os pregos na boca porque vira o sapateiro fazendo o mesmo enquanto pregava saltos de borracha, mas não estava chupando os pregos.

Balbina explicou-lhe que fazer aquilo não era bom, era uma sujeira que não precisava ser imitada, os pregos eram sujos. Josué sorriu docemente:

— Não acho sujos. Achei prático, colocar os pregos na boca ajuda, fica mais fácil do que esticar o braço e apanhá-los sobre a bancada.

Balbina não insistiu. O filho era calado, mas observador. Ficou convencida de que era sinal de inteligência. Após o incidente na oficina, o levou ao médico de plantão, que o examinou demoradamente:

— Seu filho não tem nada. É saudável, e sua compreensão está de acordo com a idade. Se vive calado é porque não deve ter nada para falar.

Balbina concordou com um gesto da cabeça, mas não agradeceu ao médico e continuou achando que Josué merecia toda a sua atenção. O doutor do posto de saúde não entendia nada. Ela era mãe, sabia que seu filho era uma pessoa especial, diferente dos outros, e sua inteligência era acima do normal.

Quando Júnior chegou em casa, disse a Balbina que Josué tinha pedido para trabalhar com ele. Ele concordara, mas fizera uma exigência: Josué teria que voltar à escola. Não queria que o irmão fosse sapateiro como ele. Não se arrependia de ter uma oficina, pois era de lá que tiravam o sustento. Quando parou de estudar não foi porque não gostava, mas pela impossibilidade de equilibrar escola e trabalho, o pai não se importaria de continuarem a fazer biscates, pois gostava de viver daquele jeito.

Balbina abraçou Júnior e chorou todas as lágrimas que havia guardado desde que enviuvara. Queria ver todos os filhos na escola, sonhava vê-los se formando. Era analfabeta, mas sabia que o caminho para o sucesso começava na sala de aula. Enquanto fora casada não tivera voz ativa, o marido não lhe dava ouvidos nem ouvia suas queixas. Gostava dele, respeitava-o, mas sabia que ele nunca tinha se preocupado com ela nem com o futuro dos filhos. Baltazar passara pela vida sem se preocupar nem com ele mesmo, viveu seus dias como se não existisse o dia de amanhã.

A mulher achava que ele tinha sido feliz, pois nunca reclamou. A doença que o levou foi um mistério que ele guardou para si. Ela só ficou sabendo quando o médico diagnosticou que o câncer já havia lhe tomado o corpo inteiro. Será que ele nunca sentira dor? Ficaria com essa dúvida a vida inteira, embora tivesse certeza de que seu marido havia sofrido muito, mas nunca a deixara saber o quanto. Será que seu filho Josué seria igual ao pai? Mas essa dúvida ela não tinha: não eram iguais, nunca seriam.

Júnior não deu folga ao irmão. Josué trabalhava parte do dia na oficina e no tempo que sobrava dedicava-se aos estudos. Júnior cobrava resultados, foram anos de brigas entre os dois. Balbina os acalmava, mas não tomava partido. Sabia que Júnior estava agindo corretamente. Doía-lhe o coração ver o esforço de Josué, que continuava misterioso com sua vida particular. Ninguém penetrava em seu mundo, ninguém se aproximava o suficiente para ouvir dele um segredo ou uma queixa. Tinha sido um menino diferente dos irmãos e agora era um adolescente reservado, uma concha impenetrável.

Josué fez um curso técnico e se tornou contador. Arranjou um emprego, que não durou muito. O irmão o ajudou a alugar uma pequena sala, onde passou a fazer a contabilidade de pequenos comerciantes do bairro. Fazia declarações de Imposto de Renda para pessoas físicas e jurídicas, o que lhe proporcionava uma renda extra no início do ano. Continuava muito calado, mas as pessoas o procuravam porque sabia fazer tudo com competência e cuidado.

Júnior era sua ligação mais proveitosa com a clientela. Indicava os serviços de Josué, que se viu obrigado a contratar um ajudante. De má vontade, já ajudava nas despesas da casa e nas da irmã, de quem se aproximara mais e com quem, de vez em quando, trocava algumas palavras. Luciana era amorosa e cuidava dele com especial atenção, observava o que a mãe fazia pelo filho preferido e a imitava. Josué passou a ter duas mães dedicadas, mas recebia os carinhos com indiferença. Era como se fosse natural que elas se esforçassem para agradá-lo sem esperar qualquer agradecimento.

Com os outros irmãos Josué não trocava palavras além das indispensáveis. Não respondia quando lhe perguntavam, desencorajava-os de perguntar novamente. Saía sozinho para ir ao cinema, comprava suas roupas sem pedir opinião e engraxava os próprios sapatos. Nunca comprou tênis nem bermudas. Tinha apenas dois pares de sapatos, um preto e outro marrom. Suas meias eram todas iguais, marrons ou pretas, mas lisas. Quando furava um pé fazia par com outra. As cuecas eram invariavelmente pretas e as calças sociais pretas ou marrons.

Usou terno apenas uma vez na vida, no dia da sua formatura. Na mesma noite, escovou-o demoradamente e o guardou coberto por um saco plástico, junto com a gravata, cor de vinho escura, e a camisa branca. Para trabalhar vestia camisa polo branca e as invariáveis calças pretas ou marrons, com sapatos da mesma cor — dia após dia, semana após semana, durante anos. Quando o tempo esfriava usava um casaco preto, abotoado na frente, que era guardado cuidadosamente em um saco plástico durante o verão.

Não mudava sua rotina, nem em casa nem no escritório. Quando se sentiu independente, mudou-se para uma pensão, mas não deu o endereço para ninguém. Todos os dias ia ver Júnior na oficina, perguntava se ele estava bem, mas não dava notícias sobre sua vida. Se o irmão perguntava pelo escritório, dizia apenas que estava regular, e não acrescentava nada. Quando Júnior insistia, desconversava, dizia que estava com pressa. E só voltava vários dias depois.

2.

Depois que o marido morreu, Balbina dedicou-se inteiramente à família. Não disfarçava nem era discreta para demonstrar sua preferência por Josué, a quem seu coração ordenava que desse mais atenção. Os irmãos tinham ciúmes, demonstravam uma insatisfação cada vez maior. Não maltratavam Josué, que não passava de uma sombra dentro de casa, mas eram grosseiros com a mãe, perguntavam se ela tinha parido somente um filho, se os outro, desprezados, tinham nascido de chocadeira.

Balbina negava, dizia que amava todos igualmente, que não havia diferença, o amor que dedicava a Josué era igual ao que dedicava a todos e a cada um. Riam na cara dela, faziam piadas, mas quando se irritavam ou eram contrariados, falavam com raiva:

— Você só pensa no Josué, ele é seu dodói, o filhinho favorito. Vamos ver se no dia em que você precisar ele vai te acudir. Vai é te virar as costas.

A mãe ouvia calada, pois nunca tivera certeza de que seu amor era correspondido, sentia que Josué precisava dela e só. Somente a irmã parecia compreender a preferência da mãe pelo filho caladão, nunca reclamava de falta de atenção; pelo contrário, se aproximou mais de Josué, até onde ele permitiu. Sabia que o irmão era distante, mas procurava entender. Às vezes, ficava imaginando se ele não seria doente, embora sua aparência fosse saudável. Ele era apenas quieto, não brincava com os irmãos nem tinha amiguinhos. Preferia a companhia de animais domésticos, que alimentava e dos quais cuidava.

Quando viu Josué trabalhando com Júnior e depois estudando, Balbina ficara sossegada, e começou sua grande realização como mãe. Os outros filhos perceberam seu contentamento, e voltaram a estudar para receber a mesma atenção, mas foi inútil. Somente Josué continuava sendo importante, e mesmo assim, numa atitude inesperada, foi embora de casa, tudo de repente.

A irmã tentou convencê-lo a mudar de ideia. Balbina recolheu-se a um isolamento doentio, Luciana a levou ao médico. Júnior foi conversar com o irmão. Pura perda de tempo. Josué havia decidido que queria morar sozinho. Nada mais natural do que sair de casa e ajeitar-se onde escolhera, sem dar satisfação a ninguém, argumentou em sua defesa. Júnior tentou fazê-lo voltar atrás, a mãe estava chorando de tristeza, inconsolável, com a saúde abalada por sua maneira inesperada de sair de casa sem nem falar com ela nem dizer para onde estava se mudando.

— E como é que você ficou sabendo do endereço e está aqui?

Júnior contou que tivera dificuldades para encontrar a tal pensão, o que só tinha conseguido depois de insistir muito com alguns clientes, perguntando o paradeiro dele. Fora informado por acaso. Josué continuou na pensão, mas prometeu ao irmão que voltaria à casa da mãe no fim de semana, e cumpriu a promessa. Apareceu no domingo, sentou-se à mesa e logo que acabou de comer afastou o prato e disse que tinha compromisso para a tarde.

Não teve nenhum gesto de carinho para a mãe nem para a irmã. Aos irmãos lançou um olhar frio, não se despediu de ninguém. Deixou o endereço perto do prato que usara, rabiscado num pedaço de folha de caderno que trouxera no bolso. Logo depois que ele saiu, Balbina passou mal novamente com aumento da pressão, já normalmente alta, e chorou sem parar. Acharam melhor levá-la para o hospital. Júnior estava furioso com a atitude do irmão, mas se acalmou, pois diante do estado de saúde da mãe não podia demonstrar o que sentia. Ficou calado o tempo todo, mas prometeu a si mesmo que procuraria Josué em seu escritório para uma conversa séria.

À noite, quando voltaram para casa, com Balbina medicada e mais calma, Júnior conversou longamente com ela. Diante dos pedidos da mãe, que começou a chorar novamente e o fez prometer que não falaria nada, acabou desistindo da conversa que planejara ter com o irmão.

Josué apareceu na oficina na segunda-feira, na hora de encerrar o expediente. Ficou parado na calçada esperando o irmão despachar os últimos clientes e os empregados, não quis entrar enquanto Júnior conferia e fechava o caixa. Júnior se apressou e os dois fecharam as portas da oficina, depois saíram andando em direção à casa da mãe. Júnior tentou conversar para quebrar o silêncio. Quis saber como ia o escritório, se os clientes estavam satisfeitos com o trabalho dele, se havia contratado mais funcionários. Josué respondia de má vontade, e não falou sobre coisas mais íntimas.

Quando estavam perto da casa da mãe, Josué parou. Disse que queria conversar ali mesmo, e somente então Júnior ficou sabendo o que levara o irmão até sua oficina. Contou que estava planejando aumentar o escritório e já havia encontrado um imóvel maior para alugar, teria espaço para crescer e aumentar a clientela. O atual espaço já não comportava a quantidade de clientes que buscavam seus serviços.

Júnior sorriu disfarçadamente, e antes de Josué pedir, adiantou-se:

— Não se preocupe. Pode indicar meu nome como seu fiador.

Josué se despediu, nem agradeceu o oferecimento do irmão. Se desse mais alguns passos, poderia ter conversado com a mãe e pedido desculpas pela grosseria do último encontro. Júnior ficou olhando o irmão se afastar a passos ligeiros, sem olhar para trás. Balançou a cabeça, conformado com o jeitão do irmão. Pelo menos saberia o novo endereço quando assinasse o contrato como fiador.

O despachante trouxe o Contrato de Locação na semana seguinte. Júnior tomou o cuidado de tirar uma cópia e devolveu os originais assinados. Estava satisfeito por ver o irmão progredindo na carreira e nos negócios. Ficou pensando em como havia acertado ao impor a Josué a obrigação de estudar em troca do trabalho na oficina. Estava precisando fazer o mesmo, embora não estivesse totalmente parado. Já estava fabricando alguns sapatos mais simples, aproveitando o tempo parado da braquiadeira, colocava os pares na parte inferior do balcão, uma espécie de pequena vitrina envidraçada, com a etiqueta de preço. Fizera uma placa de papelão com letras bem caprichadas: "Fabricação Própria".

A freguesia de consertos se interessou, as vendas cresciam semana após semana. Júnior aumentou a produção. Para fabricar mais, precisava comprar outra braquiadeira. O investimento seria grande, mas não teve medo. Estimulado pela clientela, alugou uma loja com sobreloja a dois quarteirões da oficina, na mesma rua, onde montou uma pequena fábrica, mas manteve a oficina de consertos no mesmo lugar.

Convidou dois irmãos para trabalharem com ele. Eles recusaram, disseram que estavam estudando para passar em concurso público. Procuravam estabilidade, segurança e, se possível, uma vida de pouco trabalho.

A irmã se ocupava cuidando da mãe. Ficou pesarosa de não poder trabalhar, mas se conformou diante dos argumentos de Júnior. Balbina continuava com a saúde abalada, principalmente por causa da ausência de Josué. Os gêmeos e os dois mais novos continuavam estudando, Júnior mantinha a família sozinho. Josué, depois que se mudou, não se dispôs a ajudar mais, tinha sua própria despesa e o aluguel era caro. Ninguém teve coragem de discordar. Ele não dava espaço para ouvir nada que fosse contrário à sua vontade.

Um novo fato interrompeu a rotina: Josué não apareceu para o almoço de domingo. Balbina não se conformou, mencionou as tragédias e desastres que poderiam ter acontecido com o filho. Júnior e Luciana trocaram olhares, divertidos com o exagero, não deram muita atenção às queixas da mãe. Mas no domingo seguinte Josué tampouco apareceu para almoçar, e dessa vez Júnior e Luciana tiveram de acudi-la.

No dia seguinte, uma segunda-feira movimentada, Júnior arranjou tempo e foi ao novo escritório de contabilidade do irmão. A surpresa com as novas instalações, e com o número de funcionários, secretária e telefonista só não foi maior do que quando soube por um funcionário, que se apresentou como contador e gerente, responsável pelo escritório na ausência do patrão, que o Sr. Josué havia saído de férias e provavelmente retornaria dentro de duas semanas. Tirara alguns dias para descansar, mas ele não sabia informar para onde o patrão tinha viajado, se pudesse lhe ser útil...

Quando Júnior disse que era irmão do dono do escritório, o gerente não escondeu a surpresa:

— Eu nunca soube que o Dr. Josué tinha irmão, nem outro parente na cidade — e a conversa terminou aí.

Júnior agradeceu pela informação, e à noite contou o caso à mãe e a Luciana. Balbina não se conformou com a indiferença dos irmãos:

— Então você não perguntou para onde ele viajou? E se ele precisar de alguma coisa, se tiver uma emergência? Tenho pena de meu filho. Ninguém se incomoda com ele.

Luciana perdeu a paciência com a mãe. Júnior saiu e só voltou tarde da noite.

3.

Depois de um mês de ausência inexplicada, Josué apareceu na casa da mãe acompanhado de sua mulher, que apresentou à família:

— Essa é a Cleonice, a quem chamo de Cleo, nos casamos antes da viagem.

Diferente de Josué, sorridente e falando sem parar, Cleonice cumprimentou a todos, um por um, perguntou-lhes os nomes, beijou Luciana e Balbina e disse que estava muito feliz em conhecê-los. Contou sobre a lua de mel, mostrou a aliança que ganhara do marido e disse que, doravante, viria com Josué todo domingo para almoçarem juntos.

Cleonice vestia calças justas e blusa estampada larga, sobre a pele. Seus sapatos de salto alto chamavam a atenção, pois com eles ficava mais alta do que o marido. A maquiagem do rosto realçava sua pele clara e bem cuidada. Retocou os lábios logo que terminou o almoço, com um batom de cor vermelho forte, e um brilho intenso que acentuava seus dentes brancos, alinhados como se tivessem sido colocados ali por mãos delicadas.

Era uma mulher atraente, elegante e extremamente comunicativa. Sua alegria era contagiante, e sua descontração deixou toda a família sem ação. Para Balbina, não passava de uma espevitada, ela alfinetou, depois que foram embora. Para Luciana era alguém que deveria ser imitada, pelo bom gosto da roupa e de tudo o mais. Para Júnior, que não conseguira esconder sua admiração, era uma mulher fora do comum. Ele não tirou os olhos da cunhada, parecendo hipnotizado o tempo todo. Foi preciso Luciana dar-lhe um beliscão no braço, sem que ninguém notasse, para tirá-lo daquela posição de homem enfeitiçado pela mulher do irmão.

Josué almoçou calmamente, sem dar nenhuma importância ao tumulto que sua mulher estava causando na família. Os gêmeos riam de tudo que Cleonice dizia, Júnior olhou-os com reprovação, mas pouco adiantou. Eles não conseguiam parar de rir.

Balbina, até então sem pronunciar palavra, interveio:

— Meninos, onde estão os modos? Vão brincar lá fora!

Os risinhos cessaram, mas começaram os cochichos, até que Luciana deu um basta na festa dos gêmeos, tirou-os da mesa e os levou até o quarto, depois fechou a porta e os deixou lá de castigo. Voltou depressa para a mesa e se sentou no mesmo lugar, não queria perder nada do que a cunhada elegante contava.

Os dois irmãos adolescentes mantinham-se sérios, pareciam envergonhados, não fosse o sorriso debochado que endereçavam a Cleonice toda vez que ela contava uma novidade sobre sua maravilhosa viagem de lua de mel. Quando o almoço finalmente terminou, tendo Josué afastado o prato e se levantado, Cleonice parou de falar.

Balbina perguntou se aceitavam doces, coisa rara em sua casa. Os adolescentes trocaram olhares de surpresa; Cleonice agradeceu, Júnior e Luciana responderam com a cabeça negativamente e Josué fez de conta que não ouviu. Com um gesto discreto, Balbina mandou que Luciana retirasse tudo da mesa. Ninguém se atrevia a levantar-se antes dela, somente Josué, que sem nenhuma cerimônia saiu em direção à pequena sala de estar, sendo seguido por sua mulher. Balbina ordenou que os filhos adolescentes fossem fazer companhia aos gêmeos e ficassem no quarto. Deu o braço a Júnior e foram se sentar nas pequenas poltronas em frente ao surrado sofá, onde já se encontravam Cleonice e Josué.

Fez-se um silêncio embaraçoso. Cleonice, antes sorridente e falando sem parar, estava calada. A conversa só voltou ao ritmo normal quando Luciana entrou na sala carregando uma bandeja com xícaras de café. Júnior parecia ansioso para ouvir a cunhada, mas ela parecia ter ficado muda de repente. Balbina quebrou o silêncio:

— Vocês se conhecem há muito tempo?

Aí Cleonice tomou fôlego e não parou mais. Contou que sim, já namorava Josué há muito tempo, tinham se conhecido na escola técnica, antes de se formarem. Ela havia se mudado para outra cidade, pois o pai era militar e fora transferido. Pura invenção, que entendera como suficiente para explicar parte de sua vida. Viera passar férias na casa de uma prima quando reencontrou por acaso o antigo colega, fazendo compras no supermercado do bairro. O caso do reencontro dos dois parecia não ter fim, ela falou, falou e falou, mas Balbina queria mais, queria saber quando resolveram se casar e se haviam casado na igreja. Josué interrompeu:

— Mãe, você sabe que odeio padre. Só casamos no civil e não houve festa, se é isto que está querendo saber.

Até então ninguém sabia se Josué gostava de padre ou não, foi uma novidade numa família católica. Todos iam à missa aos domingos, menos ele, com a concordância da mãe, que nunca o obrigou a fazer nada que não quisesse.

Balbina não insistiu. Júnior, para evitar mais embaraço, entrou na conversa e perguntou se ele estava satisfeito com o novo escritório, que tinha conhecido quando foi lá procurá-lo, a pedido da mãe, acrescentou como desculpa. Josué respondeu com um seco "Tô", pondo fim à conversa sobre sua vida profissional.

Luciana convidou Cleonice para conversarem no quarto dela, um luxo recente que Júnior construíra, um quarto a mais, ligado à casa, para seu conforto e tranquilidade, o que a fizera muito feliz. Era seu canto particular, ainda cheirando a tinta fresca, decorado com móveis novos que o irmão comprara a prestação.

Na sala, Balbina encarava Josué, esperando alguma explicação para o inesperado casamento, mas para Josué era como se nada tivesse acontecido. O casamento em segredo ele encarava como um fato comum, algo que a família poderia ter adivinhado, pois ele sempre vinha almoçar aos domingos e de repente desaparece porque se casara, não via nenhum motivo para ficarem tão surpreendidos. Júnior, que gostava de paz, tentou explicar à mãe que não via razão para tanto espanto, pois Josué sempre fora assim. Josué se levantou e chamou Cleonice em voz alta:

— Está na hora de ir pra casa, Cleo.

A mulher apareceu logo, deu à mão a Josué e se despediu da sogra e do cunhado com um largo sorriso de gratidão. Balbina não se levantou. Júnior acompanhou-os até o portão da casa e deu-lhes os parabéns, desejou felicidades ao casal e disse que os esperava para o almoço no domingo seguinte. Cleonice largou a mão do marido, abraçou e beijou o rosto do cunhado carinhosamente. Pediu que se despedisse de Luciana em nome dela e dissesse que conversariam mais depois.

Júnior voltou à sala, onde encontrou a mãe em prantos. Luciana foi chamada para ajudar a consolá-la. Os outros filhos vieram até a sala e começaram a perguntar o que havia acontecido, porque Júnior estava esfregando as mãos da mãe. Pediu álcool à irmã e fez Balbina cheirar lentamente; ela logo melhorou, mas não parou de chorar. Falou, entre lágrimas, que queria que Josué fosse muito feliz. Que a mulher dele era muito bonita, mas não sabia se seria uma boa mulher para seu filho. Luciana e Júnior apenas se entreolharam, não fizeram comentários.

Balbina não tinha nada, só estava magoada por não ter sido avisada nem ter conhecido a nora antes do casamento. Eram ciúmes e cuidados com o filho preferido. Júnior, convencido de que a mãe estava bem, pediu desculpas e saiu, disse tinha um compromisso com amigos. Luciana foi cuidar da cozinha, e a mãe continuou na sala. Os dois adolescentes saíram de mansinho. Só os gêmeos ficaram ao lado da mãe, sem entender a razão da tristeza e de tantas lágrimas que molhavam seu rosto a intervalos regulares.

4.

Júnior andou sem rumo pelas ruas tranquilas do bairro, procurando explicação para a súbita decisão de Josué ao contrair casamento. Em sua opinião, era um momento delicado, pois mal se firmara na profissão. Estava indo bem, o novo escritório era grande, e pelo número de empregados parecia ser movimentado, mas assumir as despesas de um casamento e de uma mulher como Cleonice parecia exagero. Ela devia estar acostumada a luxos que ele talvez não pudesse manter. Ou estaria enganado?

Não tinha grande experiência. Tinha namorado uma garota que acompanhava a mãe quando esta trazia sapatos para consertar. O namoro durou pouco, os pais dela não permitiram que a garota namorasse um sapateiro, queriam um genro mais bem situado na vida. Júnior entendeu, e se dedicou inteiramente à família pela qual se responsabilizara desde que o pai tinha morrido. Era seu destino, estava convencido disso.

Esperaria Luciana se casar e os irmãos tomarem rumo na vida. A mãe continuaria sob seus cuidados pelo tempo que vivesse. Satisfazia-se com namoricos sem consequências, e quando precisava de mulher havia a zona. Orgulhava-se de Josué. Sentia que tinha contribuído para seu sucesso nos negócios, embora nunca tivesse ouvido dele sequer um muito obrigado. Quem diria que seu irmão desligado iria se casar com uma mulher tão interessante?

Cleonice não era só interessante, era mais do que isso. Estava impressionado com sua feminilidade. Ela despertara seu tesão, admitia, envergonhado por estar desejando a mulher do irmão.

Quando voltou para casa não encontrou Luciana nem a mãe. Soube pelos adolescentes que Luciana a levara para o hospital. Saiu apressado, mesmo sabendo que não podia fazer nada, a irmã havia feito o que ele mesmo faria se estivesse em casa. Arrependeu-se de ter saído sem motivo, deixando a mãe triste, ainda chorando pelo inesperado casamento de Josué. Devia ter adivinhado que a mãe não resistiria ao choque da novidade.

Já encontrou Luciana voltando para casa. A mãe fora medicada e estava com receita de remédio de uso contínuo para controlar a pressão. O médico pedira um exame de Holter. Deveriam voltar no dia seguinte ao hospital para pegar o aparelho que mediria sua pressão durante vinte e quatro horas.

Balbina estava abatida, pois vomitara o almoço. Fora medicada com soro, com recomendação de guardar repouso, evitar aborrecimentos e diminuir o sal da comida. Júnior ajudou Luciana a acomodar a mãe em um táxi. Mais tarde, depois que a mãe foi dormir, os irmãos conversaram. Não havia gravidade no estado de saúde dela, mas o mal maior era impossível evitar. Como fazê-la esquecer-se de Josué? O filho era a razão de todos os seus males.

A conversa entre os dois não levou a nada, exceto à conclusão de que Balbina é quem teria de mudar, pois Josué não mudaria seu jeito de ser. Achavam que a partir de seu casamento ele se afastaria ainda mais. Júnior e Luciana concordaram em se aproximar de Cleonice, uma maneira de ficarem também próximos do irmão esquisitão. O plano era conquistar Cleonice e trazer o marido para mais perto da mãe.

No dia seguinte, Luciana daria um jeito de falar com a cunhada e convidá-la para visitarem o shopping recém-inaugurado. Júnior apoiou a ideia. E acrescentou:

— Convide-a para passar uma tarde com mamãe. Ela vai aceitar, deve ficar sozinha quando Josué está no escritório. Se ela aceitar, me avise.

O interesse do irmão não despertou nenhuma curiosidade em Luciana, pareceu-lhe natural que o irmão quisesse ajudá-la. Júnior não estava satisfeito ainda:

— Não avise mamãe. Faça uma surpresa.

Balbina usou o aparelho Holter na mesma semana. O médico constatou uma pequena alteração na pressão enquanto ela cozinhava, mas não era coisa grave, que a obrigasse a usar medicação todos os dias. Pediu exames completos de sangue e urina, os resultados ficaram dentro da normalidade para a idade dela. Ela deveria evitar aborrecer-se, aconselhou o médico. Ela tinha algum hobby? Luciana e Júnior não souberam responder. Foi Balbina quem respondeu:

— Meu hobby, doutor, é manter a família feliz e unida. Se eu conseguir, morrerei feliz.

E a consulta terminou aí, pois Balbina começou a chorar e os filhos a levaram para casa. Balbina dormiu o resto do dia e emendou com a noite. Quando acordou, parecia bem disposta. Luciana saiu depois de servir o almoço, com a intenção de visitar Cleonice. Voltou cansada e frustrada no fim da tarde, mas antes passou na oficina de Júnior para lhe dizer, entre lágrimas, que Josué se negara a dar-lhe o endereço de onde moravam. Júnior a consolou:

— Não se preocupe. Sei como lidar com Josué.

Josué não disse uma palavra enquanto Júnior desabafava sua raiva e inconformismo com sua atitude, não deu importância ao desabafo do irmão mais velho. Cansado porque ele não reagia, Júnior se calou. Concluiu que não adiantava tentar chamar a atenção do irmão esquisito. Não fazia diferença se estivesse fazendo elogios ou brigando, dizendo que não gostara de sua atitude grosseira com a irmã; Josué era teimoso, e indiferente a qualquer tipo de conversa, mantinha seus sentimentos sempre guardados sob uma capa invisível de indiferença. As ofensas e os elogios escorregavam para o mesmo lugar onde se protegia.

Mas Júnior estava irritado, e num gesto de raiva empurrou-o com as mãos espalmadas no peito, jogando-o contra a parede. Josué não reagiu. Sorriu ligeiramente, mas foi um sorriso de desprezo que irritou ainda mais o irmão agressor. Júnior, convencido de que seria inútil qualquer outro tipo de atitude, virou-lhe as costas e voltou apressado para sua loja. Não queria esmurrar o irmão, nem chorar de raiva na frente dele. Foi direto ao banheiro e enxugou as lágrimas que teimavam em brotar e molhar seu rosto. Sentiu o estômago embrulhar e uma saliva amarga invadiu sua boca. Vomitou azedo, sentiu-se aliviado. Lavou o rosto demoradamente e voltou ao trabalhou disposto a nunca mais falar com Josué.

Estava profundamente magoado com o irmão, a quem havia se dedicado com afeição para encaminhá-lo na vida. Quando retornou para casa, recusou o jantar e foi dormir mais cedo. Já havia construído um quarto arejado, maior do que o da irmã, onde podia se fechar para não ser incomodado. Teve uma noite agitada, povoada de sonhos em que se misturavam o sorriso de desprezo de Josué e o rosto alegre de sua cunhada.

Na manhã seguinte tomou café da manhã com a mãe e Luciana. A irmã não tirava os olhos de tudo que ele fazia. Queria perguntar o que acontecera, mas na frente de Balbina não se atrevia. Para que aborrecer a mãe com aquele assunto? Sabia de seus cuidados com Josué, e ela decerto iria querer detalhes de tudo.

Júnior terminou de comer seu pão com manteiga e saiu apressado para o trabalho. Luciana o seguiu até o portão. Júnior delicadamente disse a ela que mais tarde conversariam, "longe da mamãe", acrescentou. Ao se aproximar da oficina, viu que Cleonice o aguardava. Apressou o passo. Ela sorriu docemente:

— Não estou com pressa. Pode abrir sua loja calmamente. Ficarei esperando aqui fora.

Júnior subiu a porta de aço para os empregados entrarem e saiu em direção à sede da fábrica. Cleonice o acompanhou. Os olhares de admiração dos homens com quem cruzavam o incomodaram. Ela, num gesto espontâneo, enlaçou seu delicado braço no braço do cunhado, que já era esperado por alguns operários.

Olharam curiosos para a mulher que o acompanhava enquanto o patrão abria a porta lateral para entrarem. Júnior

perguntou se ela queria entrar ou andar em direção a uma padaria, que apontou do outro lado da rua. Ela fez que não:

— Você deve ter um escritório reservado, ou não?

Júnior se apressou em responder:

— Tenho sim, mas está uma bagunça. Sou desleixado
com essa parte.

Cleonice sorriu:

— Não me importo. Quero apenas conversar um pouco
com você.

5.

Quando Luciana chegou com o almoço na fábrica, Júnior estava sorridente, parecia feliz e animado. Deu um beijo na face da irmã e pediu-lhe que fechasse a porta do escritório.

Luciana ficou ouvindo o que o irmão contava com tanto empenho. Na verdade, sua vontade era perguntar o que havia acontecido antes e que o perturbara tanto na noite anterior, a ponto de recusar o jantar.

— Você foi falar com Josué?

Júnior não quis contar o que acontecera, disse apenas que não tivera importância, que Josué era caladão, como todos sabiam, e que preferia contar-lhe a conversa que tivera com Cleonice, a quem elogiava a todo instante. O interesse de Júnior pela cunhada não era novidade, mas Luciana evitou dar importância. Tomara fosse apenas uma admiração passageira, pois os homens gostam de admirar as mulheres de outros homens por causa da aparência e elegância, mas exigem seriedade e recato para as suas próprias. E foi com um sorriso compreensivo que ouviu todos os elogios que Júnior fazia a Cleonice.

Era como se ele a conhecesse há muito tempo. Contou que a cunhada havia se interessado pela fábrica e se oferecera para desenhar modelos de sapatos femininos para que ele desenvolvesse, dizendo que as mulheres compravam mais sapatos do que os homens. Luciana concordou. As mulheres compravam sapatos ou porque gostavam do modelo ou porque estavam na moda, os homens somente quando precisavam trocar os sapatos velhos e imprestáveis por um novo. Cleonice tinha razão, confirmou para o irmão, que já decidira fabricar sapatos femininos e esperava que a cunhada realmente soubesse o que estava fazendo. Se dependesse de gosto pessoal de Cleonice, o irmão estaria bem orientado, pois a cunhada calçava sapatos delicados que, certamente, custavam caro.

Júnior mal tocou no almoço, inteiramente tomado pela empolgação com a possibilidade de poder conviver muitas vezes com Cleonice. Luciana voltou para casa com uma ponta de preocupação no rosto ainda jovem, livre de rugas de expressão.

A animação de Júnior era evidente, mas ele manteve silêncio sobre o que tinha conversado com Cleonice além de desenhos de sapatos, teve o cuidado de esconder o motivo principal da inesperada visita daquela manhã. A sugestão dela para que modificasse a linha de produção só ocorreu depois que o assunto principal já havia sido finalizado. Cleonice viera sem o marido saber, e a conversa entre os dois deveria ficar em segredo. Josué lhe contara sobre a discussão do dia anterior, mas não contara que Júnior ficara ofendido por ele ter se recusado a dar o endereço deles para Luciana. Júnior aproveitou a oportunidade e contou para Cleonice.

Ela não comentou, embora tenha qualificado de grosseira a atitude do marido. Não faria nada, pois sabia que era inútil ficar contra ele. Conhecia Josué, e desde o namoro se acostumara a não contrariá-lo. Viviam bem desse modo. Ele satisfazia todas as suas vontades por causa do sexo generoso que ela lhe proporcionava. Sim, Cleonice falou de suas intimidades com o marido para Júnior, sem ficar envergonhada, como se estivesse falando sobre a comida preferida dele.

Quando notou que Júnior ficara embaraçado com a confidência, com o rosto vermelho, ela o chamou de "bobinho" e continuou a falar, como se fosse um assunto natural para ela. Deixou o endereço para ser entregue a Luciana e também o telefone, para que ela marcasse um dia para se encontrarem. Júnior não transmitiu o recado da cunhada para a irmã, queria pensar um pouco mais sobre o assunto. Talvez não fosse uma boa ideia passar por cima da autoridade de Josué, conhecia o irmão e a facilidade com que se irritava por qualquer coisa.

Por mais que Cleonice dominasse o marido com "sexo generoso", como contara, ele conhecia as esquisitices do irmão desde criança, e ele não era "bobinho" como a cunhada pensava. Queria conversar com Balbina, mas sem entrar em detalhes. Contaria o que fosse conveniente, e com muito cuidado, até com mais cuidado do que teria com Luciana. A mãe deles era ignorante e sem estudo, mas muito astuta e observadora. Nunca ouvira dela nenhuma palavra que não tivesse sido cuidadosamente escolhida, até nas situações mais banais Balbina tomava cuidado para manter sua privacidade. Nem o falecido marido se atrevia a perguntar nada que ela considerasse como assunto só dela. Balbina conseguira se manter uma desconhecida para o marido e para os filhos durante toda sua vida.

Júnior achava que Josué era o único filho que herdara as esquisitices da mãe, ela mesma calada e misteriosa. Chegara à conclusão de que os iguais se atraíam fortemente, divergindo da pouca teoria de Física que aprendera em sua curta experiência na escola.

Quando se despediram, Cleonice estalou um beijo na face corada do cunhado, deixando-o sem ação. Saiu apressada sem fechar a porta, disse um tchau e prometeu telefonar no dia seguinte. Recuperado da inesperada visita, Júnior foi conversar com seu chefe de produção sobre a possibilidade de usar as máquinas que tinham para fabricar calçados femininos. Não haveria dificuldades, garantiu-lhe o experiente chefe. As máquinas apenas necessitariam algumas adaptações, como troca de agulhas e linhas de costura, ele providenciaria o necessário quando fossem montar os modelos. A única providência a mais seria a aquisição de formas especiais para montar as estruturas delicadas dos sapatos femininos.

Júnior se animou. Formas eram as peças mais baratas em uma pequena indústria de calçados, esperaria com ansiedade que Cleonice lhe trouxesse os desenhos. Trabalhou com mais disposição o resto do dia. Fez planos de fechar a oficina de consertos e se dedicar inteiramente à fabricação, mas pensou melhor e achou que seria precipitado. A oficina de consertos mantinha as despesas do dia a dia e ainda sobrava um pouco para investir na fábrica, esperaria as vendas aumentarem primeiro. Sabia que haveria um limite, pois uma porta comercial num bairro residencial não prometia grande coisa.

Para aumentar as vendas teria que conseguir um ponto comercial na região central de Belo Horizonte, onde o comércio era mais movimentado e havia compradores andando em grande quantidade. Era uma mudança muito grande, teria que ter uma reserva de dinheiro. Os preços de pontos comerciais eram altos, normalmente havia exigência de luvas e o aluguel também era caro.

Perdido nesses planos, sonhava com a presença constante de Cleonice ao seu lado. Com a implantação da linha feminina ela teria que estar sempre lá, para acompanhar o desenvolvimento da modelagem. Será que realmente entendia do assunto? Muitas dúvidas enchiam sua mente. E se ela fosse apenas uma amadora, uma pessoa que gostava de se aventurar em assuntos que não conhecia? Se não desse certo ele seria o único prejudicado. Precisava ser prudente.

Quando ela lhe trouxesse os modelos procuraria uma pessoa do ramo, talvez até algum estilista de uma grande fábrica, precisaria da opinião de um especialista no assunto. Não podia colocar em risco o que já havia conquistado, com tanto trabalho, dedicação e muitos sacrifícios. Nada do que construíra tinha sido fácil. Lembrava-se das dúvidas que teve quando alugou aquela garagem onde montou a oficina de consertos. Para economizar e pagar o aluguel tinha até diminuído a compra de mantimentos de casa.

Balbina era compreensiva, nunca se queixou. Ele ouvira as brigas da mãe com o marido por causa de falta de dinheiro, mas dele ela nunca exigiu nada. Quando o pai morreu, Júnior sentiu certo alívio, ele já não produzia o suficiente nem para seu próprio sustento. O modesto caixão que comprou dividiu em seis pagamentos, era como podia pagar. Seu consolo era o reconhecimento de sua irmã e o apoio da mãe. Os irmãos menores não davam importância ao seu trabalho, só pensavam em suas próprias vidas. Felizmente continuavam estudando, decerto alertados pela mãe de que o irmão não os sustentaria o resto da vida.

Os gêmeos eram ainda muito novos, só pensavam em brincar. Felizmente eram obedientes e iam à escola regularmente. Os intermediários já estavam tentando empregos públicos, era questão de tempo obterem sucesso. Não havia "concurseiro", como eram apelidados, que um dia não ocupasse um cargo público qualquer.

Ainda imerso nesses pensamentos e incertezas sobre o futuro, voltou para casa cansado e sem vontade de conversar. Balbina tentou saber o que Cleonice queria com ele na fábrica, mas Júnior trocou um olhar de reprovação com a irmã e se recolheu ao quarto. Sua irmã tinha contado para a mãe que Cleonice havia procurado Júnior depois que Josué recusara lhe dar o endereço de sua casa.

Balbina, que havia desculpado o filho por não fornecer o endereço, tratou o assunto como se fosse de pouca importância. Josué não faria desfeita à irmã, sua recusa foi porque a mulher não estava em casa naquele dia, quis poupar a irmã de uma caminhada inútil, Luciana é que interpretara mal. Decerto fora precipitada, não tinha esperado que Josué lhe explicasse por que não queria dar o endereço. Luciana não insistiu. Sabia que a mãe se recusava a encontrar defeitos em Josué.

6.

Cleonice apareceu novamente na fábrica sem avisar, cinco dias depois, trazendo uma pasta com vários desenhos coloridos, minuciosamente detalhados e com indicações para a fabricação. Júnior ficou impressionado com a competência da cunhada.

Não esperou ela sair, chamou logo o encarregado da produção para mostrar os desenhos. Homem tarimbado no ofício, ele os examinou e fez várias perguntas. Cleonice respondeu sem pensar, parecia muito segura do que fizera.

O encarregado aprovou todos os modelos. Disse que seriam necessários couros especiais, fivelas, fitas, linhas coloridas, saltos de alumínio e outros acabamentos para desenvolver as peças-piloto. Júnior foi fazendo a lista de tudo o que o encarregado precisava. Cleonice interrompia quando necessário, e o encarregado aprovava. Foi uma reunião produtiva.

O chefe da produção perguntou se podia ficar com os desenhos. Júnior ficou na dúvida. Cleonice disse que tinha cópias em casa, não tinha problema deixá-los com a produção, que precisaria mesmo deles para consultar. Marcaram os dias em que ela iria à fábrica para aprovar os modelos já montados.

Depois que o encarregado saiu levando os desenhos, Júnior quis saber como pagaria pelo trabalho. Ela sorriu, e surpreendeu Júnior dizendo que preferia ter participação nos lucros. Se, por um lado, isso o aliviava de desembolsar o que talvez não tivesse, por outro significava que estava admitindo uma sócia. Não ousou discutir. Perguntou se era o que ela realmente queria. Cleonice confirmou com um largo sorriso:

— É exatamente o que eu quero. Por enquanto.

Júnior não insistiu. Precisava refletir demoradamente sobre o que estava acontecendo. Cleonice estava com pressa, não dissera ao marido que iria à fábrica. Despediu-se, beijou o cunhado e saiu sem fechar a porta, deixando no ar o suave perfume que usava.

Júnior o aspirou fundo e voltou à oficina de consertos, onde havia muito serviço para distribuir aos terceirizados. O serviço estava acumulado havia mais de uma semana. Precisava contratar um ajudante, já não estava dando conta de todas as tarefas.

Enquanto esvaziava a marmita que a irmã lhe trouxera, perguntou se ela gostaria de trabalhar na renovadora de calçados, para que ele pudesse se dedicar somente à fábrica. Preferia pagar uma acompanhante para a mãe e alguém para ajudar na cozinha e cuidar dos gêmeos.

Luciana ficou radiante. Estava cansada de ser a empregada faz-tudo da casa, buscava novos horizontes. A mãe era quem mais a irritava; os irmãos cooperavam nas pequenas tarefas e tudo corria a contento, mas as queixas da mãe eram intermináveis.

Os dois conversaram longamente. Luciana tentou explicar por que falara com a mãe sobre Cleonice. Júnior a interrompeu:

— Não se preocupe mais com isso, sei que a mamãe sabe ser insistente. Foi até bom, pois assim você me poupou de dar explicações.

Luciana ficou sem saber se o irmão realmente não tinha se incomodado ou se quis apenas aliviá-la da culpa. O importante é que ele estava bem, e ainda lhe oferecera um emprego. Nem perguntou sobre o salário, pois sabia que o Júnior seria generoso e a recompensaria por seu trabalho. Voltou para casa fazendo planos, pensando em como contaria para a mãe sem magoá-la. O irmão a instruíra:

— Não faça muito rodeio com a mamãe, senão ela vai te chantagear. Dê o recado e deixa o resto comigo. Sei como lidar com ela.

No domingo, quando todos já estavam sentados à mesa, apareceram Josué e a mulher — ele como o Josué de sempre, ela mais elegante que de costume, perfumada, maquiada, sempre falante. Trouxe uma braçada de flores para Balbina e as colocou na primeira jarra que encontrou, em cima da cômoda da sala.

Luciana se levantou, beijou a cunhada elegante e foi colocar água e soltar as hastes das flores. O casal ocupou seu lugar e o almoço transcorreu entre sorrisos e trocas de elogios entre Cleonice e Luciana. Os adolescentes estavam se comportando bem, mas os gêmeos, depois de advertidos várias vezes para parar de cochichar, foram convidados a deixar a mesa. Balbina interferia ocasionalmente na conversa, dava palpites maldosos e depois se recolhia, ficava muda para saborear o efeito de suas observações. Júnior era o que parecia mais distante, alheio ao que acontecia à sua volta.

Josué continuava sendo Josué, nem mais calado nem menos distante — uma múmia indecifrável. Cleonice sempre se dirigia ao marido com um gesto de carinho ou um afago no rosto, mas Josué não se mexia. Balbina sorria, disfarçando os pensamentos.

O almoço de domingo findou sem nenhuma briga familiar. Ao se despedir, Cleonice deu um beijo na face de Balbina e abraçou Luciana carinhosamente; convidou a cunhada para ir vê-la e deixou o telefone e o endereço em um papel rosa perfumado, dizendo:

— Se não atender no fixo, tente no meu celular que eu retorno se não puder atender.

Dessa vez se despediu de Júnior com um simples tchau e um aceno de mão. Seu sorriso ficou na memória do rapaz, envolvido na névoa de seu perfume. Júnior ficou esperando o casal se acomodar no carro novinho, que brilhava ao sol. Da porta, Luciana acenou delicadamente.

Júnior ainda ficou no jardim colocando os pensamentos em ordem, se perguntando por que ela não o beijara ao se despedir. Seria medo de Josué? Entrou em casa e se recolheu ao quarto, de onde só saiu na segunda-feira para ir trabalhar. Não esperou a mãe para o café da manhã.

Balbina brincou com os gêmeos e perguntou aos adolescentes se continuavam se empenhando no cursinho preparatório para o concurso público.

— Desta vez vamos passar — responderam ao mesmo tempo. Já haviam pedido a dispensa do serviço militar, que lhes foi concedida por excesso de contingente, quer dizer, já nem eram mais adolescentes, mas rapazes, maiores de idade e donos de seu nariz.

Haviam crescido no último ano, e ninguém que não os conhecesse saberia dizer quem era o mais novo ou o mais velho. A diferença entre os dois era de apenas 16 meses. Balbina olhava os filhos criados e suspirava, antecipando o dia em que veria os gêmeos também tomando corpo e deixando de ser meninos.

Quando recebeu a notícia de que Luciana iria trabalhar na renovadora de calçados Balbina desatou o pranto, prontamente ignorado pela filha, que explicou as principais razões para ter sua própria vida, além da necessária ajuda ao irmão. Seus argumentos convenceram Balbina, que nada perguntou a Júnior quando o filho voltou para casa no fim do dia.

No início, Balbina tentou fazer manha e recusar a acompanhante. Luciana fez de conta que não ouviu e calou a mãe de uma vez por todas:

— Você se esqueceu de que está caindo à toa? Ou está querendo mesmo é levar um tombo, quebrar um osso e dar mais trabalho e preocupação pra nós? Chega, mãe! Não faz pirraça que não vai adiantar. Eu e o Júnior já resolvemos o que é melhor, para a senhora e para nós — e encerrou a conversa, livrando o irmão de ouvir a choradeira da mãe dizendo que ia dar mais despesa e de que era uma inútil.

7.

Luciana se adaptou prontamente ao emprego na renovadora de calçados. Tornou-se simpática aos clientes, distribuiu cartões da loja, pediu que divulgassem nome e endereço da Passo a Passo. Implantou um serviço de recuperação de tênis; ela mesma lavava em casa, secava e depois retocava com tinta as partes que estivessem arranhadas. Começou a sugerir aos clientes a troca dos solados. O irmão gostou da ideia, comprava os solados inteiros e os colava com uma cola especial de acrílico. Passou a prestar serviços de engraxataria, uma novidade que fez sucesso, pois apareceu uma quantidade enorme de novos clientes.

Júnior, vendo que a irmã não estava dando conta de todo o serviço, contratou uma ajudante para ela. Luciana sabia fazer tudo e também sabia mandar: conquistou de tal forma o respeito de sua ajudante que ela passou a ser indispensável. Júnior desistiu da ideia de fechar a Passo a Passo. Era sua melhor fonte de renda, pois a fábrica ainda não dava lucro.

A nova linha de calçados femininos estava se mostrando mais difícil do que tinham pensado inicialmente. Cleonice vinha à fábrica todos os dias, ora na parte da tarde, ora na parte da manhã. Nunca tinha pressa de ir embora, e nunca se esquecia de depositar um beijo na face de Júnior quando chegava e outro quando ia embora.

Júnior esperava por esses momentos, a amizade dos dois se fortalecia cada vez mais. Cleonice se mostrava interessada na criação de novos modelos e os desenhos não paravam de chegar.

Sua capacidade de criar parecia inesgotável. Os primeiros pares venderam logo, assim que foram colocados na pequena vitrine da fábrica. Júnior se animou a procurar um ponto comercial, próximo ao centro da cidade.

A loja, localizada na Rua São Paulo, ficava no quarteirão entre a Rua dos Caetés e a Avenida Santos Dumont. Era ampla, e o aluguel razoável, devido às obras na Avenida, que dificultavam o trânsito de automóveis. Júnior contava com os pedestres que enchiam a Rua dos Caetés, famosa pelo movimento, cuja atração principal era a fama de preços baratos das confecções. Mesmo assim, somente depois de seis meses a loja começou a vender o suficiente para tranquilizá-lo. Já não precisava do dinheiro tirado da renovadora para pagar o aluguel, impostos e empregados. Não sobrava quase nada, mas não dava prejuízo.

Júnior e Cleonice sabiam que teriam que procurar um ponto mais central e movimentado, mas não se atreviam a uma aventura perigosa. Trocavam ideias e visitavam outros estabelecimentos. E a nova loja, Cleo – Sapatos Femininos – Fabricação Própria, só se tornou realidade graças ao empenho e ao dinheiro de Cleonice, que pagou as luvas e alugou a loja tendo o marido como fiador. Em troca, tornou-se sócia de Júnior, com 50% de participação.

Na fábrica ela participava somente dos lucros, com 40%, mas a firma continuou registrada em nome de Júnior. Na Passo a Passo também houve uma modificação: Júnior cedeu 15% das cotas da sociedade para sua irmã Luciana, que continuou recebendo seu salário integral. A participação na sociedade foi uma forma de incentivá-la e, ao mesmo tempo, mantê-la à frente dos negócios. Júnior podia assim dedicar-se ao que realmente gostava de fazer: fabricar sapatos.

Os negócios prosperaram. A loja de varejo cresceu e se multiplicou. Josué nunca visitou as lojas da mulher, nem comentava sobre os negócios nos almoços de domingo. Júnior mantinha silêncio absoluto sobre sua vida comercial, e só conversava com Cleo quando estavam sozinhos — uma atitude que tomaram de comum acordo, sem nunca ter discutido o assunto, talvez em respeito a Josué, embora nenhum dos dois admitisse.

Quando os dois estavam sozinhos, Cleo era uma outra mulher. Não negava nada ao sócio; elogiava-o frequentemente, mas não deixava escapar se queria algo além dessa convivência pacífica de sócios. Uma vez, distraidamente, perguntou a Júnior se ele tinha namorada. Ele respondeu que não. A conversa não rendeu, embora Júnior se mostrasse disposto a conversar sobre o assunto. Cleo disfarçou a curiosidade e continuou a tratá-lo com a mesma naturalidade.

Júnior notou que ela se distanciou por algum tempo, ficou mais calada, deixou de beijá-lo de maneira espontânea e desinteressada. Aos poucos, porém, voltou a sorrir e passou a demorar mais com os lábios pousados no rosto dele. Júnior não se espantou quando ela o acariciou; o gesto foi tão leve e rápido que ele preferiu não dar importância. Devia ser o jeito dela, só isso. Procurou afastar de sua mente um sentimento que guardara desde o dia em que ela o beijou pela primeira vez. Não deveria haver interesse entre os dois que não fosse o comercial e a divisão dos lucros da sociedade.

Cleo se superava cada vez mais na criação. Quando um modelo de sapato lhe agradava, atrasava de propósito sua produção enquanto o usava, com a desculpa de que somente usando teria certeza se o modelo era confortável e seguro no andar. O chefe da produção sorria, sem acreditar. Sabia que era pura invenção da patroa, que gostava de calçar e exibir sapatos exclusivos. Júnior nunca desconfiou dessa vaidade feminina. Para ele, era mais do que natural que ela usasse o sapato primeiro, para ver se machucaria os pés das clientes.

Os sapatos da Cleo se projetaram como marca de bom gosto e qualidade. Abriram mais uma loja, no shopping BH, o mais antigo da capital. Transformaram a primeira da rua dos Caetés em varejo da linha masculina, sapatos populares com preços competitivos. Foi outro sucesso.

A vida de Balbina se transformou. Júnior comprou um confortável apartamento na Savassi para a mãe morar, e a menos de dois quarteirões comprou outro, um pouco menor, para ser seu refúgio. Luciana preferiu continuar morando com a mãe, e não quis se desfazer da Passo a Passo. Manteve a oficina de consertos na mesma loja de bairro, ia lá uma vez por semana. Sua antiga ajudante, agora gerente com 5% de participação, mantinha a mesma qualidade que Júnior deixara implantada.

Júnior continuava solteiro. Sua vida privada tornara-se um mistério para a própria irmã, com quem já não trocava confidências. Luciana não se conformava com a solidão dele. Tomou coragem, e um dia lhe perguntou:

— Será que você vai se tornar um novo Josué? Um caladão misterioso, e ainda por cima solteirão?

Júnior deu uma gargalhada, ajeitou-se na cadeira e tentou se explicar:

— De jeito nenhum. Estou apenas dando um tempo até encontrar uma companheira que preencha minha vida.

Balbina dirigiu um olhar de censura para Luciana e continuou comendo. O tradicional almoço de domingo fora mantido por exigência de Balbina. Os gêmeos tinham se tornado atores, viviam em turnês. Apareciam de vez em quando, faziam muitas brincadeiras com a mãe e os irmãos e desapareciam por meses. Os outros dois irmãos eram burocratas em Brasília e raramente davam as caras. Ambos tinham se casado, mas nunca trouxeram as mulheres nem os filhos para conhecerem a família, apesar dos constantes apelos de Luciana.

Nesse domingo Josué e Cleonice não tinham aparecido, estavam no exterior, viajando pela Itália, um sonho secreto de Cleonice que ela compartilhara com Luciana antes da viagem. As duas eram amigas, se falavam todos os dias, embora a vida de Cleo com Josué fosse assunto no qual nunca tocavam, a pedido de Cleonice, desde o início da amizade. Cleonice também evitava falar sobre suas lojas e a sociedade com Júnior. Luciana não insistia, pois lhe bastava conversar sobre novelas e fofocas internacionais.

Dois meses após o retorno do casal ao Brasil, num domingo abafado de início de verão, que anunciava tempestades em Belo Horizonte, souberam da grande novidade: Cleonice anunciou que estava grávida. Foi uma festa à mesa de domingo. Balbina, pela primeira vez, se levantou de seu lugar e abraçou Cleonice. Júnior desejou um tímido "parabéns" que ninguém ouviu, e Josué não se manifestou, não sorriu, nem beijou a mulher.

Luciana foi quem fez mais festa, parecia que era ela quem engravidara. Uma súbita dor de cabeça interrompeu o almoço de Júnior, que pediu desculpas e se levantou. Parecia perturbado, pois se retirou para seu apartamento sem se despedir; deu apenas um sorriso discreto para Cleonice antes de fechar a porta e saiu em direção ao elevador.

8.

Na casa de Balbina um assunto dominava as conversas: a gravidez de Cleonice. A avó não escondia a preocupação com a vinda do primeiro neto, quer dizer, do filho de Josué. Os filhos que moravam em Brasília já eram pais, mas ela nunca vira seus primeiros netos, e os que não são vistos não são amados. Até então, não dera muita importância ao fato de ter-se tornado avó.

Não era somente a distância que os separava, mas principalmente a falta de notícias. Balbina dava grande valor a essas demonstrações de respeito, mas sabia também desprezar quem a esquecia. A vida era boa mestra, mas madrasta implacável. Tivera muitos filhos, mas amava somente a Josué. Cleonice era apenas o meio indispensável à geração de seu neto (torcia para que fosse um menino), pois não a amava como se ama uma nora que se casa com o filho preferido. A moça não passava de uma mulher má que dividia os carinhos do filho, que deveriam ser somente da mãe.

A indiferença de Josué, sua distância e frieza eram inteiramente desculpáveis para Balbina: ele era o mais afetuoso dos filhos, apenas não sabia como demonstrar, por timidez, por vergonha ou por alguma razão que somente ele conhecia, e ela tentava entender e desculpar. Josué era o filho perfeito, e seria um pai exemplar. Revelara-se um chefe de família responsável e um profissional admirado. Cleonice deveria agradecer de joelhos, todos os dias, por tê-lo conquistado para ser seu marido e agora pai de seu filho.

Quando a mãe resolvia falar sobre as qualidades do filho, Luciana ouvia impaciente, mas fingia ignorar pelo bem da paz em família. Só desabafava com Júnior, nos intervalos das conversas de negócios. Ele apenas sorria. Luciana sentia que o irmão se distanciara dela sem motivo, o que a magoava e a deixava sem saber como agir. Queria saber o que estava acontecendo com ele, antes tão comunicativo e aberto sobre seus sentimentos. Ela não se sentia mais como sua confidente e pessoa de confiança nos negócios. Será que Cleonice tomara seu lugar?

Luciana não encontrava brecha nem coragem para perguntar diretamente. Conversava com Cleonice como sempre, mas somente sobre assuntos banais. A vida pessoal da cunhada era guardada a sete chaves, mas com a gravidez ela se aproximou mais. Parecia confusa, chegou a confidenciar que havia cometido um erro.

— Que erro, Cleonice?

Cleo disfarçou a preocupação:

— Acho que está muito cedo, deveria ter esperado um pouco mais, aproveitado para viajar mais. Quero conhecer outros lugares, países que me fascinam: Egito e Grécia, por exemplo, são meus maiores sonhos de consumo. Depois que a mulher tem filhos ela não é mais dona de sua vida, fica a serviço da cria, por amor e por medo de que algum mal aconteça ao filho indefeso.

Luciana discordou:

— Isso só acontece quando a mulher é pobre. Quem tem dinheiro, como você, não se priva de nada. Passa alguns meses com o recém-nascido, se quiser e puder amamentar, e depois entrega a criança para a babá.

Cleo não esticou a conversa. Não lhe interessava entrar em detalhes. Quisera poder confiar na cunhada para confessar-lhe todos os seus medos. Josué mudara totalmente de comportamento, para pior. Continuava o homem caladão de sempre, só que após saber da gravidez passara a fazer perguntas demais sobre a vida pessoal dela. Queria saber aonde ia, com quem falava ao telefone, se era o sócio ou a gerente da loja. Enfim, o homem distante e desinteressado se tornara um curioso inconveniente, demonstrava claramente muita desconfiança sobre tudo o que ela dizia, fazia ou planejava fazer. Sua vida estava se tornando uma infernal sucessão de interrogatórios.

Como a contabilidade da loja e da fábrica eram confiadas ao seu escritório desde que a mulher começara a desenhar para a fábrica, não havia nenhum segredo sobre o faturamento, o quanto deviam e o lucro demonstrado nos balanços. Josué passou a questioná-la sobre as despesas. O que significava aquela passagem aérea em tal data, ou a conta de um restaurante caro?

Ele destacava os dados dos recibos que contabilizava. Ela não sabia responder, não se lembrava. Ele insistia. Cleo se irritava:

— Como vou me lembrar de uma despesa de três ou quatro meses atrás? Pode ter sido uma viagem que tivemos que fazer para visitar um fornecedor, ou alguém que mandei da fábrica para nos representar em uma feira de moda calçadista. Pergunte ao meu sócio. Pode ser que ele saiba, ou se lembre, sei lá. Esse assunto não me interessa. Cuido da criação e das vendas, a administração é assunto dele. Se ele achar que tem que lhe dar satisfação, pode ser que responda.

Josué não ficava satisfeito, mas não se atrevia a perguntar ao irmão. Sabia que estaria interferindo em uma área totalmente fora de sua função de contador. Cleo, por seu lado, não queria levar ao sócio as desconfianças de seu marido. Quando sentiu que não podia contar com o silêncio da cunhada, ficou ainda mais sozinha. Gostaria de contar para Luciana, por exemplo, que o marido deixara de se interessar por sexo depois que ela engravidou.

No princípio, pensou que era apenas uma fase de ciúme, ou que alguma bobagem pudesse estar envenenando a mente dele, mas o tempo mostrou que estava enganada. Já completara quatro meses que não mantinham relações. Ela não o procurava, pois não sentia falta de seus carinhos, que sempre tinham sido parcos e superficiais.

Se Josué mudara, Cleonice perdera a alegria, já não sorria com facilidade. Resistia a se tornar uma mulher amarga, mas estava sendo vencida pela incerteza de um futuro que adivinhava estar se aproximando muito mais rápido do que poderia esperar. Teria que dividir sua angústia com o sócio, o que prometera a si mesma que jamais faria.

9.

Luciana procurou Júnior num fim de tarde, após jantar com a mãe. Chegou sem avisar ao apartamento do irmão, e ele sorriu sem graça ao vê-la pelo olho mágico. Não gostava de surpresas. Por que ela não telefonara avisando?

Atendeu de má vontade. Luciana entrou na sala e se acomodou na poltrona. Já conhecia o apartamento, ajudara o irmão na fase de decoração e limpeza da casa nova. Ficara feliz quando Júnior resolvera ter seu próprio canto, ele merecia ter o conforto de um lugar só dele. Quando o viu acomodado, disse que estaria sempre pronta a ajudá-lo, quando precisasse, mas que não o incomodaria. Mas não tinha ligado porque não queria ouvir uma desculpa:

— Sei que fiz mal em vir sem avisar. Você está sozinho?

Mal refeito da surpresa, Júnior sentou-se também:

— Estou. Se tivesse alguém comigo, não abriria a porta.

Luciana sorriu:

— Duvido que fizesse isso comigo.

A conversa entre os irmãos prosseguiu sem interrupções. Ela estava muito preocupada com ele. Insistiu em saber o que acontecera no almoço de domingo, não tinha acreditado na desculpa da dor de cabeça, conhecia-o bem o suficiente para saber que teria pedido um comprimido a ela ou à mãe. Ter saído sem mais nem menos de um almoço que mal havia começado era muito estranho. Ela não fez rodeios. Queria saber por que a notícia da gravidez de Cleonice o perturbara daquela forma.

A confiança entre os dois era muito maior do que o medo de ser considerada uma intrusa. Não receava nenhuma grosseria do irmão, tampouco a quebra de uma amizade que era sólida e verdadeira.

Estava coberta de razão. Júnior estava em apuros, ela tinha percebido. Ele se mexeu na cadeira, procurando uma posição mais confortável, mas não deu nenhuma resposta. Luciana agora estava convencida de que o irmão lhe escondia algo. Ficou esperando que ele falasse, mas o irmão teimou em negar. Sentiu que ele estava mentindo. Júnior reafirmou que a dor de cabeça estava insuportável, e que aquela falação dela com Cleo o irritara demais.

— Mas você sempre participou de nossas conversas. Por que essa irritação agora?

Júnior continuou negando:

— Não foi só por isso. Tive um problema na fábrica, você não sabe o que é aguentar operário reclamando.

Luciana parou de insistir. Talvez não fosse o momento certo para conversar. Teria paciência. Ele viria desabafar na hora em que precisasse. Foi até à cozinha e ao banheiro para verificar se havia alguma louça suja ou alguma toalha de banho para recolher e lavar. Estava tudo em ordem. Embora fosse desorganizado na fábrica, Júnior era organizado em casa, tinha uma diarista duas vezes por semana que cuidava de tudo; mas a irmã precisava justificar sua visita, além de ficar a interroga-lo sobre assuntos pessoais.

Deu um sorriso de desculpas, beijou o irmão e saiu sem mais comentários. Estava certa de que a gravidez de Cleo o estava incomodando, suspeitava de algum envolvimento entre os dois. Mas teria que afastar essa possibilidade de sua mente, porque era um absurdo tão grande que só acreditaria se houvesse a confissão de um deles, e isso jamais iria acontecer. Seria um desastre na família, na sociedade das lojas e na fábrica, negócios que haviam crescido recentemente. Felizmente, a loja de calçados masculinos pertencia somente ao Júnior, depois de uma alteração contratual em que Cleo tinha ficado com 70% das cotas do varejo feminino.

O negócio foi proposto por Cleo, e depois de ouvir a opinião de Luciana, Júnior aceitou. Felizmente ela havia aconselhado acertadamente. Mas o que mais a preocupava não eram os problemas comerciais. Temia pela reação de Josué se desconfiasse que Cleo e Júnior estavam envolvidos. Josué sempre se mantivera reservado em família; ninguém o conhecia de verdade, exceto a mãe, que parecia compreendê-lo e perdoá-lo, não importava o que fizesse ou falasse. Há algum tempo ela já conversara com Júnior sobre a súbita riqueza de Josué. Não era possível que ele pudesse ganhar tanto dinheiro com um simples escritório de contabilidade. Era ele quem dava dinheiro para Cleo pagar luvas de pontos comerciais caríssimos e sustentar as lojas até se firmarem para cobrir todos os custos. O dinheiro grosso sempre vinha de Cleo, que dizia recebê-lo do marido, embora tivesse pedido aos dois e os tinha feito jurar que nunca diriam que sabiam que era ele que lhe dava o dinheiro.

Era evidente que Josué possuía outra fonte inesgotável de recursos, mas a conversa sempre parava aí. Quando Cleonice queria investir num novo ponto, não pensava duas vezes em fechar o negócio, sem sequer consultar o sócio. Com a alteração na sociedade, Júnior agora recebia menos, mas não via como impedir o forte crescimento dos negócios de Cleo. Ela não era rica, nunca fora, logo, o que dizia sobre a fonte do dinheiro devia ser verdade. Josué não era apenas uma desculpa. Por mais que Luciana e Júnior explorassem outras hipóteses, sempre esbarravam na impossibilidade de uma informação mais acurada, e acabavam deixando o assunto em banho-maria.

Quando Luciana voltou para casa, Balbina lhe deu um recado de Cleo pedindo para lhe telefonar. Antes, teve de explicar aonde tinha ido. Luciana reagiu:

— Ora, mãe, saí para passear um pouco. Fui ao Pátio Savassi tomar um sorvete.

Balbina retrucou:

— Você está mentindo. Que sabor de sorvete você tomou?

Luciana gaguejou. Não gostava tanto assim de sorvete,

e havia na geladeira três sabores diferentes. Não conseguiu manter a mentira. Pressionada, contou que fora visitar Júnior. Balbina quis saber o que tinham conversado por tanto tempo. Luciana desconversou. A mãe fez chantagem, começou a chorar, fingiu um desmaio. Os desmaios da mãe apavoravam a família, pois tanto podia ser fingimento como infarto, pois ela já tivera um, felizmente acudido a tempo. Era portadora de dois *stents*.

Ligou para Júnior, deixou chamar até a ligação cair. Será que o irmão ficara com raiva e não queria atender? Ligou para o celular, e logo ouviu a voz do irmão. Foi direta:

— Mamãe está passando mal. Venha me ajudar.

Vendo que a mãe estava respirando com dificuldade e muito pálida, levaram-na para o hospital. Na emergência demoraram cerca de uma hora para examiná-la. Balbina já estava mais corada, o médico não encontrou nenhum sintoma que demandasse maior atenção. Mesmo assim, por insistência dos filhos, fez um eletrocardiograma. O resultado foi esclarecedor:

— Dona Balbina está com mais saúde do que nós todos. Deve ter sido alguma indisposição por causa do calor.

Luciana trocou um olhar com Júnior, que não disse nada. Parecia reprovar a irmã por tê-lo incomodado sem motivo. Luciana não aguentou ficar calada:

— Se eu não aviso, você me chama de irresponsável, se aviso, você me reprova. Afinal, o que devo fazer quando mamãe tiver seus piripaques?

Júnior fez sinal para a irmã não falar nada na frente da mãe, mas Luciana estava nervosa:

— Vou ter que falar, sim, Júnior, pois a mãe não é só minha. Com Josué não posso contar, pois é o dodói dela, os outros moram longe e estão cuidando de suas vidas. Só posso contar com você, se é que ainda posso.

Júnior amenizou o ambiente pesado:

— Tem razão, Luciana. Você é que tem segurado a barra. Sei que é pesado. Me desculpa, acho que fui injusto.

Balbina não perdeu sua chance:

— Sei que só dou trabalho. Sou um peso para vocês. Não faço nada e dou despesas. É triste ficar velha.

Os irmãos resolveram levá-la para casa em silêncio, pois se continuassem falando ela ia ter outro chilique. Acomodaram Balbina na cama. Luciana foi fazer um chá de camomila para acalmá-la, enquanto Júnior ficou conversando com ela no quarto.

Balbina aproveitou para pressionar o filho, queria saber o que estava acontecendo. Por que ele saíra no domingo sem se despedir de ninguém? O que Luciana tinha ido fazer no apartamento dele? O que tinham para conversar fazendo tanto segredo? Ela tinha o direito de saber tudo que estava acontecendo, com Josué, concluiu.

Júnior perdeu a paciência:

— Você está preocupada é com o Josué? Acho melhor perguntar a ele — e saiu, sem nem se despedir da irmã que preparava o chá.

Quando Luciana voltou ao quarto, encontrou a mãe chorando, e começou a chorar também, mas de cansaço. Já não aguentava mais ter que lidar com a mãe por causa de Josué. Foi fácil adivinhar por que Júnior tinha ido embora. Entre um soluço e outro, ao limpar o nariz, Balbina resmungou:

— Eu não falei nada. Só perguntei se estava acontecendo alguma coisa com o Josué. Será que aquela mulher o está maltratando? Pobre do meu filho! — e continuou a chorar até adormecer.

Luciana a cobriu e se recolheu, cansada, cheia de dúvidas sobre o que estava acontecendo com seu irmão Júnior.

10.

No domingo seguinte, Cleonice veio sozinha para o almoço. Contou que o marido havia viajado e o voo atrasara, ele só chegaria no dia seguinte. Tinha pedido para ela representá-lo no almoço e durante a semana viria ver a mãe. Estava visivelmente abatida, não fez festa nem sorriu quando viu Luciana e cumprimentou Júnior de longe.

Após se justificar com Balbina sentou-se no lugar de costume. O almoço foi servido e pouco se falou durante a refeição. Antes de ser servida a sobremesa, que a pedido de Josué se tornara habitual na casa de Balbina porque sua mulher gostava de comer doces após as refeições, Cleonice se levantou para ir embora. Luciana se apressou:

— Mas, Cleo, fiz aquele pudim que você gosta.

Cleonice desculpou-se com um sorriso forçado:

— Obrigada Luciana, mas estou evitando doces. Meu médico disse que não devo engordar demais durante a gravidez. Agora preciso ir.

Balbina interferiu:

— Se você não quer comer doce, tudo bem, acho bastante prudente. Mas preciso conversar com você. Se possível, agora. Não vai demorar, pois, como você já sabe, sou bastante objetiva.

Todos se surpreenderam com o tom de voz de Balbina. Júnior interferiu:

— Mãe, acho que o momento talvez não seja adequado. Cleonice está querendo ir embora. Deve ter seus motivos.

Mas Balbina não titubeou:

— A conversa não vai demorar. Depois, pelo que ela falou, Josué está viajando mesmo. Que tipo de urgência ela tem se o marido não está em casa... não é, Cleonice?

Cleo não se conteve:

— Balbina, com todo o respeito que tenho pela mãe de meu marido, estou indo embora agora mesmo. Estou com pressa e não tenho que me explicar, nem pra você nem pra ninguém — em seguida, pegou a bolsa e saiu.

Luciana saiu atrás e foi até o elevador, tentando acalmá-la. Quando voltou ao apartamento já encontrou Júnior amparando Balbina, que quando viu a filha começou a chorar e a provocar o vômito. Antes que vomitasse na sala levaram-na às pressas até o banheiro onde ela expeliu o almoço já azedo no vaso e nas calças do filho. Luciana não sabia se segurava a mãe, para que terminasse de vomitar, ou se limpava as calças do irmão.

Júnior segurou a mãe pela cintura, amparou sua testa e acalmou Luciana:

— Não se preocupe com a minha roupa. Vamos cuidar da mamãe.

Balbina desmaiou nos braços do filho, que a carregou até a cama. Luciana limpou o banheiro e foi para o quarto, onde Balbina repousava serenamente e Júnior segurava-lhe a mão. A cena tornou-se trágica quando viu o irmão chorando sem parar. Não suportou a cena. Começou a rir, descontrolada, e só se conteve quando viu Júnior se levantar de uma vez e sair porta afora em direção ao corredor.

Dessa vez Luciana não o seguiu. Estava cansada de cuidar da mãe, suportar as esquisitices de Josué e, agora, o choro idiota do irmão mais velho, até então o mais equilibrado e responsável, chefe da família. Nunca poderia imaginar que Júnior iria desmontar daquele jeito. Seria um fraco fazendo-se de durão? Ou a pressão sobre ele estaria insuportável?

Nesse momento teve a certeza que lhe faltava para concluir que um grande segredo se escondia atrás do choro de

Júnior. Ficou esperando a mãe se recuperar. Preparou uma limonada forte, adoçou bastante e deu-lhe para beber. Balbina recusou. Ela insistiu. A mãe gostava de limonada e de suco de laranja, até bebia uma taça de vinho em ocasiões especiais. Era saudável, comia e dormia bem. Seu histórico de doenças era pequeno. Sempre fora uma mulher forte e não se queixava de nada. Raramente procurava um médico, fora das épocas de gravidez e parto. Somente depois que colocou os *stents* foi que ficaram mais cuidadosos com sua saúde.

O pai lhe contara antes de morrer que quando Josué nasceu ela esteve adoentada, mas foi por pouco tempo. Lembrou-se de um detalhe curioso dessa conversa com o pai. A gravidez de Josué fora a mais complicada de todas. O casal havia decidido que iriam evitar filhos por alguns anos. Já tinham dois, e concordaram que seria o momento de uma pausa até que os dois crescessem e se estabilizassem na vida. Haviam adquirido a casa e ainda estavam pagando. Tomaram todas as precauções possíveis, mas Balbina ficou grávida novamente.

O médico que a assistia deu-lhe toda a assistência, não cobrava as consultas e fornecia-lhe toda a medicação, mas ela chorava sem motivo e emagreceu muito. Quando a criança nasceu, ficou extremamente abatida e muito nervosa. Não quis mais se consultar com o médico. Quando Baltazar lhe perguntava qual a razão, dizia que ele era incompetente e que não queria mais vê-lo. Passou a ser atendida pelo médico do Posto de Saúde do bairro. Uma profunda tristeza tomou conta da vida de Balbina, uma tristeza tão prolongada que ele pensou que sua mulher nunca mais iria sorrir.

Mas com as gestações seguintes e a chegada dos gêmeos, Balbina voltou a ser a mulher alegre e despachada que sempre fora. Nunca mais se consultou com o médico que fez o parto de Josué, tomou raiva do Dr. Marlos Paranhos Cavalcanti. Quando Josué nasceu, Baltazar quis batizá-lo com o nome dele, para homenageá-lo e se mostrar agradecido pela dedicação a Balbina. Ela detestou a ideia, e o proibiu de tocar de novo no assunto, disse que já havia escolhido o nome do filho. Para não começar uma briga sem sentido, ele concordou, mas nunca entendeu por que não chamaram o filho de Marlos, um nome diferente e muito bonito.

Luciana ficou pensativa, tentando entender por que o irmão se chamava Josué, enquanto todos os outros tinham nomes interessantes, embora comuns: Rubens e Renato, Pedro José e José Pedro, e Baltazar, o Júnior, adequado para o primeiro filho. Gostava de seu nome, Luciana. Mas mesmo com nome estranho, Josué era o mais querido de Balbina, e também o mais esquisito e neurótico da família. Enfim, era essa a sua família, agora sacudida pelo igualmente estranho comportamento de Júnior e os repetidos chiliques de Balbina, que não tinha motivos para reclamar tanto de tudo. Velhice e cansaço não são doenças, são fatos da vida. Envelhecer, tendo conforto e sem problemas graves de saúde, era um privilégio que Balbina não conseguia ver, ou teimava em não reconhecer. Quando via a mãe reclamar de tudo sentia vontade de dizer-lhe essas verdades, lembrar-lhe que todos eram seus filhos e mereciam sua atenção, não apenas Josué, que mal sabia o que se passava com ela e nunca a tinha acudido num momento de aflição. Sentia-se injustiçada.

Júnior nunca tocava nesse assunto com ela, mas ele também devia sofrer com a visível preferência da mãe por Josué. Júnior não falava nada porque era parecido com o pai: recatado e observador. Luciana estava vivendo um dilema sem solução: queria ajudar o irmão, mas tinha medo de perder sua amizade se insistisse demais. Com Cleonice era diferente: era mulher, confiava nela, estava vivendo o melhor momento da vida de uma mulher. Luciana nem tinha namorado, sentia falta, mas como poderia namorar? Como levar qualquer namorado até sua casa? Sua mãe iria enchê-lo de perguntas maldosas e observações idiotas. Ia querer saber quem ele era, o que fazia e se ganhava bem, se os pais estavam vivos, onde moravam. Seria um desastre.

Não lhe faltavam pretendentes. Os rapazes que traziam tênis e sapatos para consertar tentavam se aproximar, a elogiavam, perguntavam se teriam uma chance com ela. Luciana sorria, mas não os encorajava a se aproximar ou marcar um encontro. Precisava mudar de vida. Suas poucas amigas estavam todas namorando, tinha até recebido convite de uma colega do colégio para ir a um chá de panela, antes do casamento. Sabia que precisava se libertar da mãe, dar seu grito de independência. Já não era nenhuma criança. Cleonice tinha a mesma idade e já está casada e grávida. Mas esse era um assunto que só podia falar com Júnior, com a mãe não se atreveria, pois seria um desastre.

11.

Júnior ficara irritado com a irmã, não conseguira conter a raiva ao vê-la rindo por que ele estava chorando. Preferiu sair sem se despedir. Evitou descarregar suas insatisfações em cima dela, que não tinha nada a ver com seus problemas. Não estava inteiramente convencido do que acontecera com Cleonice. Aquela gravidez repentina, após uma viagem de mais de trinta dias pela Europa com o marido, não lhe parecia inteiramente fora de propósito. A dúvida se instalara em seu espírito desde que tinham se despedido no motel, saindo discretamente em direção à BR-040.

Tinham se encontrado no estacionamento do BH Shopping. Cleo estava perfumada, e seu sorriso era tão espontâneo que afastou todas as preocupações pelo que estavam fazendo. Passara-se quase um ano desde que tinham descoberto que estavam fortemente atraídos um pelo outro, não podiam mais sufocar o sentimento que os unia. Não era um amor unilateral. Entregaram-se inteiramente, sem medo de demonstrarem seus sentimentos, sem nenhum tipo de arrependimento ou reserva, nus sobre uma cama de motel.

Escolheram a região dos motéis na saída da rodovia para o Rio de Janeiro. Não era um lugar discreto como gostariam, mas havia grande movimento de carros e casais. Quem frequenta motéis não se interessa em saber quem está no carro da frente nem no que vem logo atrás. Todos querem discrição, têm pressa de entrar e fechar logo a porta. Só dentro do quarto se abraçavam sem remorsos, e com Júnior e Cleo não foi diferente.

Somente avaliaram a loucura que haviam cometido mais tarde, cada um em sua casa, quando se encontraram consigo mesmos; mas já não havia volta. Estavam apaixonados.

Gostavam das mesmas coisas. Ficavam parte do dia juntos, almoçavam no mesmo restaurante. Até se atreviam a jantar no motel, antes de voltarem para casa. Não era o romance perfeito, sabiam disso. Cleo era casada, e o amante era irmão de seu marido — uma equação que jamais teria um resultado positivo. Não desconheciam os riscos nem as impossibilidades de seu romance, mas uma força irresistível os mantinha amarrados.

Os perigos evidentes de sua arriscada relação não impediam os encontros; não escondiam as fugas do trabalho e acabaram afrouxando a cautela para não serem vistos em lugares suspeitos ou em situações comprometedoras. Era a paixão do coração, a emoção superando a razão. Embalados pela imprudência, desprezavam os perigos e os riscos de sua ousadia. Mas desde que retornara da viagem à Europa Cleonice não fora às lojas nem telefonara para ele. Quando soube da gravidez, não conseguiu se conter.

Ela não poderia ter dado a notícia em momento mais impróprio, mas o que estava feito não havia como consertar. Cleonice teria que se explicar, contar a ele quando descobrira a gravidez, o que não excluiria a paternidade de Josué. O eterno dilema do amante de uma mulher casada aparecia com força. A viagem não servia de desculpa para afirmar se o filho era ou não de seu marido. Mulher nenhuma pode dizer com segurança quem é o pai se mantém relação com os dois.

Júnior se debatia nessas dúvidas, mas não encontrava respostas. Teria que esperar com paciência. Desesperar-se seria inútil, só lhe traria complicações caso tomasse qualquer atitude impensada. Procurava se acalmar, para não cometer nenhuma asneira. Manter-se sereno e no comando de suas emoções era o caminho mais certo para evitar erros.

Ao chegar ao seu apartamento procurara um remédio que pudesse tranquilizá-lo. Não havia nada em casa, exceto analgésicos para a dor de cabeça que o castigava de vez em quando. Servia, por enquanto. Queria dormir profundamente, acordar no dia seguinte com tudo solucionado. Sabia que era uma esperança tola, mas foi a única coisa que lhe ocorreu. Dormiu pesado e mal, pesadelos interromperam seu sono a noite inteira. Acordou exausto e foi atender ao telefone na sala. O som estridente da campainha parecia explodir em sua cabeça.

A voz de Cleonice soou calma e segura:

— Estou morrendo de saudades. Quero te ver. Estou indo para a loja do shopping e te espero no estacionamento — não esperou resposta, desligou antes de ouvir a voz do amante.

Os dois se encontraram no lugar de sempre. Cumprimentaram-se sem dar as mãos e entraram no carro de Júnior. No motel a recepcionista cumprimentou-os discretamente, mas com uma singela observação: "Vocês sumiram". Os amantes se assustaram, tiveram certeza de que era urgente mudarem de motel.

Uma vez no quarto, entregaram-se um ao outro como da primeira vez. Depois permaneceram abraçados, em silêncio. Temiam a conversa que se seguiria. Satisfeitos e cansados, recostaram-se no espaldar da cama, ainda de mãos dadas. Beijavam-se, diziam que estavam com saudades, tinham sentido falta dos carinhos que somente eles sabiam trocar.

Cleo ensaiou falar sobre a viagem. Júnior pediu-lhe para não contar. Não queria saber aonde tinham ido nem o que tinham feito. Cleo insistiu:

— Por favor, preciso contar o quanto pensei em você. Todas as coisas bonitas que vi não me agradaram, estavam incompletas, pois faltava você. Queria que estivesse ao meu lado o tempo todo.

Júnior estava com ciúmes:

— Mas à noite deitava-se com seu marido.

Cleo manteve a calma:

— Creio que esse assunto não vai nos levar a nada, Júnior. Ou melhor, vai terminar em briga.

Júnior se aquietou:

— Tem razão, mas nunca me conformei em dividi-la com ninguém.

Cleo quase perdeu a paciência:

— Você sempre soube que eu era casada. Eu não me divido. Meu corpo pode ser dividido, ele é meu marido, mas meus sentimentos são seus. Amo apenas um homem, você sabe que é o único para mim.

Mas Júnior não se conformava:

— Falar é muito bonito. Mas você está grávida. De quem? Pode me responder com certeza?

Cleo se levantou e começou a se vestir:

— Acho melhor irmos embora. Preciso trabalhar e você também. Em outra hora, em que você estiver mais calmo, voltamos ao assunto, mas sem brigar. Estava com saudades do meu homem, não do humor azedo dele nem de ciúmes bobos.

Júnior retrucou:

— Ciúmes bobos? E se fosse diferente, eu fosse casado e minha mulher ficasse grávida?

Cleo explodiu:

— Para com isso, Júnior. Você está misturando as situações. Acho melhor termos uma conversa mais objetiva. Desse jeito não dá mais.

Júnior já estava de pé, se vestindo:

— Como você quiser. Se acha que não dá mais, saiba que eu também já estou no limite de minha paciência com essa situação de ter que dividir minha mulher com outro.

A discussão se acirrou:

— Eu já te disse que não me divido. Meu corpo pode ser usado por meu marido, mas meus sentimentos e amor são todos seus. E quer saber? Meu marido, desde que soube que estou grávida, se afastou de mim. Nem na minha mão ele pega.

Júnior foi sarcástico:

— E você deve estar "tristinha" com isso, né?

Cleonice abriu a porta do quarto para sair:

— Não. Não estou "tristinha" pelo motivo que você imagina, mas agradeço a ironia. Estou é aliviada. Agora resolve logo, vai me levar ou tenho que ir para a portaria e pegar um táxi?

O azedume de Júnior ferveu:

— Vai. Vai para a portaria!

Os dois, finalmente, saíram juntos. Júnior a deixou no estacionamento do BH Shopping. Não se despediram. Júnior foi para a fábrica e se trancou no acanhado escritório, não queria falar nada nem ver ninguém. Avaliava suas impossibilidades para solucionar a difícil situação em que se envolvera. Com tanta mulher sem compromisso, iniciara um romance com a mulher de seu irmão. Adultério nunca foi bem visto, em nenhuma circunstância. Imaginava sua situação, o envolvimento de sua mãe, de todos de sua família e de seu irmão, um homem cheio de manias, recolhido em si mesmo, um desconhecido, o que o tornava um ponto de interrogação. Era impossível imaginar sua reação se descobrisse o romance dos dois. Os jornais estavam repletos de notícias sobre crimes de honra, morte por traição. Temia por sua vida e pela de Cleonice. A família que construíra, após a morte de seu pai, iria desmoronar.

Sentiu vergonha de sua fraqueza. Perguntava-se como podia ter sido tão idiota e irresponsável, por que não medira as consequências que certamente viriam do envolvimento com Cleonice. Mas não era o único culpado, ela nunca se negara ao romance. Cedera porque tivera vontade, não criara resistência quando ele se aproximou. Parece que já esperava e até desejava a aproximação. Não se arrependia do amor dado e recebido intensamente. Seu arrependimento ia apenas até o momento em que iniciara o romance. Arrependia-se de não ter evitado o primeiro encontro, mas não conseguia arrepender-se de tudo o que acontecera entre os dois.

Era um amor intenso, rico de carinhos e compreensão de lado a lado. Estava sofrendo pela possibilidade de tudo terminar. Não deixaria que tudo acabasse por causa de uma briga. Quando soube que o marido não a procurara mais, após saber que engravidara, sentiu um grande alívio. A relação íntima de Cleonice com Josué era o que mais o incomodava em sua mente confusa. Nunca lhe passava pela cabeça que ela era casada e que a relação sexual entre marido e mulher era uma coisa normal. Marido e mulher se entregam, como todo macho e fêmea. Será que ela criara uma fantasia, inventara uma mentira para acomodar seus ciúmes? Não. Cleo não seria capaz disso. Era muito sincera e verdadeira para inventar uma situação mentirosa com a intenção de esconder uma situação inevitável. Não seria capaz de fazer esse tipo de papel idiota, contrário à sua forte personalidade de mulher corajosa e transparente.

Admirava a seriedade de Cleonice, sua certeza em tudo que fazia. Essas virtudes foram as primeiras a despertar sua admiração pela mulher de seu irmão: era inteligente e honesta nos negócios, verdadeira com os funcionários e fornecedores. Encarava os negócios da empresa com espírito empreendedor. Nunca a viu ter dúvidas diante de uma situação que não lhe parecia a mais correta. Enfrentava as dificuldades do comércio com ideias modernas, via o futuro com otimismo e não demonstrava nenhum receio de enfrentar desafios, e foi assim que fez um nome respeitado no meio calçadista.

Júnior admirava a mulher que amava. Não a perderia, nem que o mundo desabasse sobre sua cabeça. Importava-se muito com a paz reinante na família, mas era sua felicidade que estava em jogo. Cleonice não pensaria diferente quando tivesse que enfrentar uma situação de rompimento com o marido. Ele se torturava, ainda indeciso em seu *mea culpa*. Quando ouviu as batidas fortes na porta do escritório, deu-se conta de que já escurecera e ele não havia acendido a luz. Ouviu a voz de seu encarregado:

— Seu Júnior. Está tudo bem? Estamos saindo, são seis horas da tarde. O senhor precisa de alguma coisa?

Ele acendeu a luz, mas não abriu a porta. O encarregado insistiu nas batidas. Tinha que dar uma desculpa. Limpou a garganta e falou alto:

— Está tudo bem. Acho que peguei no sono. Já vou sair também, ligarei o alarme antes de sair. Obrigado. Até amanhã.

O encarregado insistiu:

— Tem certeza de que está tudo bem mesmo? Atendi

uma ligação lá em baixo, pois o senhor deixou tocar até desligarem. Era sua irmã Luciana. Pediu para o senhor ligar para ela logo que pudesse. Até amanhã.

Júnior saiu logo depois. Do outro lado da rua viu o encarregado e dois empregados tomando sua cerveja diária no bar do Abraão. Acenou e entrou no carro. Passou na oficina, que já estava fechada. Tinha que ir para casa, mas faltava-lhe ânimo. Estragara seu dia com a discussão idiota com Cleonice. Não queria falar com Luciana, mas se não ligasse, iria desencadear uma onda de preocupações dela e da mãe que acabaria por envolvê-lo.

Não adiantava querer fugir. Ligou quando chegou ao apartamento, e Balbina atendeu, foi logo dizendo que Luciana tinha saído para se encontrar com Cleonice. Não sabia aonde iriam. *Será que ele sabia o que as duas tanto tinham para conversar?* Antes que a mãe começasse com reclamações, disse que ia tomar banho e depois descansar, pois estava exausto.

Debaixo do chuveiro, tentando relaxar, veio-lhe à mente que Luciana havia deixado um recado. Haveria alguma relação entre os dois fatos, o encontro de Luciana com Cleonice e o telefonema da irmã? Fazia todo o sentido. Depois da briga com Cleonice, não tinham se falado mais. Luciana fora se encontrar com ela para quê? Não ligaria para nenhuma das duas. Quando chegasse o momento certo, conversaria com Cleonice, que era o que mais queria. Não podia mais viver sem ela. O mundo poderia desmoronar sobre a cabeça dos dois, mas estava disposto a correr os riscos.

Precisava urgentemente conversar com a amante, pois sem sua concordância nada poderia fazer. Os dois precisavam se unir fortemente para enfrentar a tempestade que se avizinhava. Ninguém participara da decisão dos dois. Tinham errado sozinhos, sem pedir conselho a ninguém, decidiram pelo que lhes parecia mais atraente e irresistível. Tinham cometido um grande erro, então que suportassem as consequências, sem se culpar ou ao outro ou qualquer outra pessoa. Como ensina a sabedoria popular: comeram a carne, que roessem os ossos.

A urgência em falar com Cleonice aumentou na proporção que o tempo passava. Discou o número do celular; a voz da amante entrou-lhe pelos seus ouvidos como uma melodia em noite silenciosa.

— Oi. Você demorou muito para telefonar. Estou com saudades.

Júnior respirou fundo. Estava aliviado:

— Estava esperando você se acalmar. Por que não me telefonou antes? Não somos crianças. Sabemos que o amor que nos une é para sempre.

Cleonice estava sonhadora:

— Concordo. Também penso assim. Mas hoje não dá para fazer nada. Sua irmã está aqui comigo, está vendo os presentes que comprei. Ela é um amor. A presença dela me conforta um pouco. Vejo você em cada gesto de Luciana. Vou precisar desligar. Ele está experimentado roupas no banheiro, mas vai voltar. Beijo, beijo, beijo. Te amo.

Júnior ouviu um clique suave, mas manteve o telefone colado ao ouvido. Estava inteiramente relaxado Era como estivesse com a amante perto dele. A conversa das duas não era sobre eles, mas sobre as novidades que ela trouxera da viagem para presentear a cunhada e provavelmente toda a família. Estava feliz novamente. E faminto. Lembrou-se de que passara o dia em jejum, mas não queria sair. A geladeira era a de um homem solteiro: tinha cerveja, alguns refrigerantes, presunto, queijo e pão de forma. Satisfez-se com um sanduíche e uma cerveja. Foi dormir como se estivesse vivendo em um mundo perfeito, em que tudo daria certo, só para que fossem felizes.

Não havia problemas em sua vida que o amor de Cleonice não pudesse solucionar. E o fruto desse amor já despontava, para fortalecer, prolongar o amor e a relação dos dois. A vida lhe sorria novamente.

12.

Quando voltou ao apartamento, Luciana enfrentou um interrogatório da mãe, que queria saber por que demorara tanto e o que era aquilo que trazia na sacola. Luciana encheu-se de paciência e foi respondendo. Tinha ficado curiosa com as novidades da viagem de Cleonice e Josué. Nunca havia viajado, e tudo lhe parecia interessante e surpreendente. Tirou da sacola blusas e casacos que ganhara de presente. Depois mostrou uma porção de *bijoux* que a cunhada a fizera escolher e depois lhe presenteara.

Balbina olhou tudo com ar de desprezo. Quando Luciana acabou, a mãe inquiriu:

— Mas ela só te deu isso? Nossa, que mão de vaca! Pensei que ela fosse mais generosa. Afinal, o dinheiro é todo do meu filho.

Luciana não queria se aborrecer, mas a ironia da mãe exigia uma resposta:

— Não acho que ela seja mão de vaca. Ela é muito generosa. Que obrigação ela tinha de me trazer presentes? E, de mais a mais, fique sabendo a senhora que a Cleo tem seu próprio dinheiro. Ou se esqueceu de que a grife de sapatos dela é um sucesso?

Balbina ficou calada. Franziu a testa e disse que só estava esperando a filha chegar para ir dormir. Luciana entendeu que a mãe estava enciumada, mas àquela hora não estava disposta a ouvir suas ranzinzices. Tinha outras preocupações, andava pensando em si mesma, na sua vida sem objetivos nem perspectivas para o futuro. Ouvira uma observação educada do dono da garagem onde mantinham a reparadora de calçados há muitos anos.

O Sr. Bento enviuvara há cerca de um ano, e agora passava na oficina todas as tardes "para um dedo de prosa", como ele dizia, e lhe perguntou se nunca pensara em ter filhos. Ela não soube responder, ficara envergonhada. Ele era alegre, parecia estar de bem com a vida. Vestia-se com roupas de qualidade, calçava bons sapatos e estava sempre com a barba bem feita, o que lhe dava um ar mais jovem. Seus dentes davam inveja, brancos e alinhados. Usava uma água de colônia que perfumava o ambiente, como se tivesse saído do banho antes de passar na oficina. Dizia que eles podiam ficar lá pelo tempo que quisessem. Sua casa tinha um quintal grande onde guardava sua caminhonete, por isso a garagem nunca fora usada. Raramente aumentava o aluguel. Seus filhos, uma moça e um rapaz, raramente vinham visitá-lo. Quando sua mulher morreu de câncer, ele ficara muito triste. Não saíra de casa por muitos meses, mas parecia ter superado a perda, pois estava sempre passeando pelo bairro, e ia para a fazenda duas vezes por mês. Contou que criava gado de corte. Nunca soubera muita coisa sobre a reparadora de calçados, pois somente se aproximara depois que sua mulher morreu. Bento contou que seu filho se casara com uma americana e que não tinham filhos. Pouco vinha ao Brasil. A filha, Lindaura, que ele chamava de Linda, era promotora da justiça federal. Trabalhava em uma cidade do interior do Rio Grande do Sul. Ele achava que ela nunca se casaria.

A pergunta que o Sr. Bento lhe fizera fora tão espontânea que não se sentiu ofendida. Luciana tivera um namorado sério na vida, quando o pai ainda era vivo, mas ele era boêmio e irresponsável. Mantivera namoros para ter companhia, mas a experiência com o namorado boêmio a amedrontara, e agora a impedia de se aproximar de outro homem. A gravidez de Cleonice mexera com sua sensibilidade. Bento tinha razão. Ela passara dos trinta, já não era nenhuma criança. Estava mais do que na hora de ter sua casa, seu homem. E filhos. Após a gravidez de Cleo repensara seus conceitos sobre a maternidade. Gostaria de ser mãe de duas meninas e um menino. Ser mãe era seu sonho, achava que era também o de toda mulher, embora já estivesse desistindo da ideia por causa da idade. Uma pergunta inocente, feita por uma pessoa com quem não tinha intimidade, fizera com que despertasse para a inutilidade de sua vida. Cuidar de sua mãe até que ela morresse não podia ser considerado um projeto de vida, no máximo uma obrigação moral e de amor filial. Casar e ter sua vida não a impediria de cuidar do bem-estar da mãe. Tudo se ajeitaria. Haveria tempo para ser feliz, sem se descuidar de Balbina.

Conhecia muitas pessoas que sabiam equilibrar as situações mais desfavoráveis. Júnior estava muito bem de vida, era atento às necessidades materiais da casa e não se negaria a pagar acompanhantes ou manter enfermeiras para a mãe, se fosse necessário. Ela ganhava bem também, era sócia da oficina, que só dava conta do serviço porque já terceirizava mais de 50%. Havia também a fábrica de sapatos, onde poderia cuidar da expedição, assunto que já fora conversado com Cleonice e seu irmão. O encarregado não dava conta de tudo. Precisavam de gente de confiança para organizar a saída de produtos para as lojas. Ela treinara uma substituta que dava conta de tudo, não precisava estar na oficina o tempo todo.

Seu tempo livre estava sendo dedicado aos cuidados da mãe, que, cada vez mais, se tornava dependente dela, até por comodismo. Precisava dar um basta nisso. Havia ainda o Júnior, que não lhe parecia nada bem. Depois que conversara com Cleonice afastara suas suspeitas. Ela não tocou no nome do irmão, parece que ele só existia como seu sócio mesmo. Júnior devia estar com problemas de outra ordem, com alguma mulher que não queria apresentar à família, mas Cleonice estava fora de suas suspeitas. Felizmente, concluiu aliviada. Júnior ainda viria conversar com ela. Era questão de tempo.

Foi dormir com a impressão de que sua vida sofreria uma mudança de direção. *Tomara*, benzeu-se antes de adormecer.

Acordou com o chamado da mãe. Foi ao quarto e acendeu a luz. Balbina estava deitada na mesma posição em que adormecera.

— Você está sentindo alguma coisa, mãe?

Balbina falou com dificuldade:

— Minha perna está formigando e estou com a vista embaçada.

Foi uma correria. Júnior chegou logo e providenciou uma ambulância para levar a mãe ao hospital. Ela tivera um AVT, assim denominado por ser um acidente vascular transitório, não chegou a ser um AVC isquêmico. Haveria possibilidade de ser revertido, revelou o médico. A rapidez com que fora atendida e medicada evitara um mal maior. Doravante ela precisaria de assistência especializada dia e noite, mas não havia meios de avaliar por quanto tempo.

Balbina ficou internada por duas semanas e recebeu alta. Foram contratadas duas enfermeiras e uma acompanhante para dormir no apartamento, no quarto, perto dela. Após a tumultuada fase de acomodação das instalações para dar à mãe uma vida mais confortável, a paz voltou à família. Cleonice e Josué a visitaram no hospital e depois em casa. Josué não demonstrou nenhum tipo de emoção ao ver a mãe falando com dificuldade, o mais visível dos danos.

Balbina estava se recuperando. Pequenos esquecimentos e a dificuldade para pronunciar as palavras eram evidentes, mas a língua continuava ofensiva. Na primeira vez em que veio vê-la após o AVT, Cleonice foi submetida a um interrogatório inclemente. Josué se retirou do quarto, indiferente às perguntas da mãe. Sogra e nora discutiram por mais de uma hora. Cleonice saiu chorando do quarto, disse ao marido que não voltaria mais para vê-la. Referiu-se à sogra como "aquela bruxa", que estava falando enrolado, mas não perdera a maldade.

Josué não fez comentários. Parecia que não se tratavam de sua mulher e de sua mãe. No dia seguinte, quando Júnior se encontrou com a amante, após três semanas sem se verem por causa da doença de Balbina, Cleonice não se conteve:

— Sei que vai chegar aos seus ouvidos que maltratei sua mãe, que a desrespeitei e não considerei o fato de ela estar doente. Por favor, não acredite em tudo que lhe contarem. Sua mãe foi má e agressiva comigo. Não lhe fiz nada para ouvir seus sermões de moralidade.

Júnior, que não queria brigar com a amante nem se indispor com a mãe, desconversou:

— Estou com saudades de você, Cleo. Não me importa o que aconteceu. Ouvi o que ela falou e o que Luciana me contou. Acredito em você, não precisa se desculpar.

Cleonice não estava satisfeita:

— Você não quer saber o que aconteceu?

Júnior a abraçou:

— Não, não quero. Pelo menos não agora. Neste momento, quero apenas te amar e ser amado.

Passaram a tarde juntos e saíram do quarto satisfeitos. Gostaram da calma do novo motel, que ficava na saída para Sabará. Estavam felizes. A discrição e a prudência eram importantes, não podiam se expor. Cleonice era figura conhecida das colunas sociais.

Não falaram sobre a gravidez nem sobre a viagem. Júnior gostaria de ter perguntado se depois da briga ela contara alguma coisa sobre os dois para Luciana, mas preferiu esperar por outro momento. Não devia ter pressa. Ela contaria quando quisesse, ou a própria Luciana tocaria no assunto.

Mais tarde Luciana veio até a fábrica para conversar com ele, mas sobre suas novas funções. Queria começar logo. Não havia motivo para ficar grudada na mãe, agora cuidada por duas enfermeiras e uma acompanhante. Tinham contratado também uma empregada para cozinhar e limpar, que chegava pela manhã e saía no fim do dia. Luciana se viu então com tempo livre para cuidar de sua vida. Estava ansiosa para se ocupar de coisas realmente proveitosas.

Passou a visitar as lojas da cunhada e a loja de sapatos masculinos do irmão. Anotava o que faltava no estoque e repunha a mercadoria no dia seguinte. Estava se sentindo realizada.

A oficina de consertos continuava indo bem, passava lá no fim da tarde antes de voltar para o apartamento. Começou a sonhar em ter seu próprio espaço.

Um dia, Luciana se atrasou e já encontrou a oficina fechada. Estava subindo a porta de aço quando Bento se aproximou para ajudá-la. Ela sorriu, surpresa. Ele reclamou que não a via mais. Ela contou que estava sem tempo, pois agora ajudava o irmão e a cunhada na fábrica. Bento perguntou se precisava de ajuda na oficina, esperou que ela conferisse as papeletas de serviços e as entregas. Colocou tudo na bolsa e desceu a porta com a ajuda de Bento. Ele perguntou quando a veria de novo. Ela ficou sem saber o que responder. Ele se adiantou:

— Não vai me dizer "qualquer dia desses". Isso não vai me satisfazer. Quero vê-la realmente, gostaria de convidá-la para jantar no sábado. Você vai estar de folga, não?

— Mas sábado é amanhã — respondeu Luciana.

Ele riu:

— Então pode ser amanhã mesmo.

Bento a pegou na porta do prédio na hora combinada, e perguntou se ela tinha algum restaurante de preferência. Ela disse que não, mas que gostaria que ele a surpreendesse. Bento a levou ao melhor restaurante que conhecia, um lugar calmo, com música baixa e um pequeno espaço para dançar.

Foi assim que Luciana descobriu que a vida não se resumia somente a trabalho e cuidados com a mãe. Não se lembrava do que tinha pedido para comer, mas tinha adorado o vinho tinto que ele escolheu. Dançar tinha sido o melhor momento da noite. Sentiu-se mulher, sonhou acordada ouvindo a música suave. Há quanto tempo não sonhava?

Despediu-se de Bento, mas não o convidou para subir. Estava cansada. Combinaram de se encontrar novamente durante a semana. Prometeu que lhe telefonaria no dia seguinte, guardando na bolsa o número do telefone que Bento anotara. Destrancou a porta devagar. Não queria acordar ninguém. Balbina a chamou.

— Onde você foi, Luciana?

Ela respondeu do corredor:

— Estava na loja trabalhando.

Balbina resmungou com força:

— Mentirosa.

Luciana entrou no banheiro e ficou um longo tempo debaixo do chuveiro. Precisava viver sua vida. Seria seu próximo passo. Ansiava por respirar liberdade. Com urgência.

13.

O almoço do domingo seguinte não teve a presença de Josué nem de Cleonice. Balbina, que já se deslocava em uma cadeira de rodas, sentou-se à cabeceira da mesa e comeu vagarosamente, sem levantar os olhos para Júnior e Luciana, que se mantiveram em silêncio. A enfermeira ficou na cozinha, onde almoçou com a empregada. A acompanhante vinha somente à noite para dormir.

A enfermeira da tarde chegou, e a que estivera de plantão de manhã veio se despedir de Balbina. Beijou-lhe o rosto desejou um bom resto de domingo:

— Estarei de volta amanhã.

Balbina olhou-a com desprezo:

— Espero que não chegue atrasada.

A enfermeira sorriu:

— Nunca cheguei atrasada, dona Balbina.

— Ainda bem — Balbina resmungou, e logo a seguir chamou a enfermeira que acabara de chegar: — Ainda não está pronta?

Logo foi atendida:

— Já vou, dona Balbina. Está precisando de alguma coisa?

— Quero ir ao banheiro, depressa.

Júnior e Luciana trocaram um olhar de reprovação diante das grosserias da mãe. Ela estava doente, mas isso não justificava o tratamento grosseiro dado às enfermeiras. Logo que a mãe saiu, Luciana não se conteve:

— Precisamos conversar sobre mamãe, Júnior. O que você viu não é nada diante do que ela vem fazendo com todas elas, especialmente com a acompanhante da noite.

Terminaram o almoço e foram para a sala de visitas. Balbina não se juntou a eles, foi até a cozinha e retirou-se para o quarto. Os irmãos conversaram longamente. Era difícil chegar a qualquer decisão diante dos fatos. A mãe, tendo a doença como desculpa, não dava descanso às pessoas que a serviam. Eles sabiam que, a qualquer momento, podiam ser surpreendidos com um pedido de demissão. A empregada, que vinha somente para cozinhar e limpar a casa, não conversava muito com Balbina, mas as duas enfermeiras e a acompanhante da noite já deviam estar irritadas com as manhas da paciente. Os dois temiam pela reação das enfermeiras, que eram profissionais especializadas e decerto não suportariam os caprichos de Balbina. A acompanhante aceitava os xingamentos enquanto Balbina estava acordada, mas quando a paciente dormia, ela também descansava, o que a aliviava das grosserias.

Luciana contou que raramente a mãe acordava à noite, como nas primeiras semanas, quando não dava sossego. Estava se recuperando, embora sua melhora significasse mais implicância com quem a ajudava. Luciana achou que as despesas deviam ser repartidas entre os irmãos, e não ficar somente sob a responsabilidade de Júnior. Quatro pessoas a mais dentro de casa custavam muito dinheiro, não somente em alimentação, mas principalmente em salários e obrigações sociais. Havia remédios também. A internação fora coberta pelo convênio, pois Balbina era registrada como funcionária da fábrica. Asseguravam assim sua aposentadoria no futuro.

Júnior, contrariando a irmã, disse que não queria que os irmãos ausentes participassem de nenhuma despesa. Os gêmeos mal se sustentavam na trupe de circo que os acolhera. A última notícia era de que haviam formado uma dupla sertaneja e sonhavam com o primeiro CD gravado. Os irmãos de Brasília não davam notícias. Levavam suas vidas gastando o que ganhavam, pois no mês seguinte teriam outro salário depositado em suas contas. Júnior não os reprovava, pois, nascidos depois de Josué, tinham se tornado apenas números a mais na família, com a atenção da mãe focalizada apenas em Josué. Não tinham por que se sentirem responsáveis pelo bem-estar da mãe, de quem não tinham recebido carinho nem atenção.

Luciana ainda quis defender a mãe, mas não teve argumentos para rebater no que se referia ao desinteresse da mãe.

— Então, ao menos o Josué deve participar das despesas.

Júnior balançou a cabeça negativamente:

— Não serei eu que vou pedir ajuda a ele.

— Mas eu vou falar com ele — decidiu Luciana. E aproveitando a ocasião, achando que Júnior estava mais disposto a conversar, foi direto ao assunto que a incomodava: — E quanto a você, Júnior? Será que eu posso saber o que está acontecendo com sua vida, quero dizer, no plano pessoal? Não quero fazer uma intromissão indevida na sua intimidade. Nunca faria isso. É preocupação de irmã. Sempre fomos amigos e nunca lhe neguei explicação sobre o que penso e o que faço, até já lhe falei de minhas angústias. Acho que mereço saber o que está acontecendo com você. Não vou aceitar que diga que está tudo bem, pois sinto que não está.

Júnior ficou sem saber o que fazer ou dizer. Conhecia a irmã. Sabia que ela não ficaria satisfeita se não contasse o que estava acontecendo, mas, ao mesmo tempo, não encontrava coragem para lhe contar sobre seu romance com Cleonice. Seria a destruição de tudo o que construíra durante sua vida, os exemplos que dera de seriedade em tudo que fazia e a conduta reta que imprimira em seus negócios, dos quais a irmã já participava, das responsabilidades que tinha assumido como chefe de família quando o pai os deixou, sem recursos suficientes para viverem com dignidade. Poderia inventar uma mentira, mas sentiria vergonha, não conseguiria se olhar no espelho. Então, deveria contar a verdade e ser repreendido pela irmã mais nova ou mentir descaradamente? Sabia que cedo ou tarde a verdade surgiria, em forma de tempestade. Precisava disfarçar, mas sem mentir. Evitar contar a verdade, mas sem agredir seu caráter, uma tarefa impossível. Como poderia ganhar tempo?

Balbina apareceu na sala em sua cadeira de rodas. A enfermeira a acompanhava discretamente, em silêncio. A um sinal autoritário, Balbina mandou que ela se afastasse:

— Quero conversar com meus filhos, mas não quero que pessoas estranhas ouçam.

Júnior renovou o ar dos pulmões. O milagre acontecera. Livrara-se, por enquanto, de responder à irmã, mas sabia que seria por pouco tempo. Luciana voltaria ao assunto na primeira oportunidade. Até lá, teria tempo para pensar o que dizer e como dizê-lo. Não iria mentir. Isso já decidira.

Assim que a enfermeira saiu, Luciana não perdeu tempo. Foi direta ao assunto:

— Mamãe, que bom que já está melhor. Falando quase sem problema e maldizendo a vida, maltratando suas acompanhantes. Acho que está querendo ficar sozinha.

Balbina não perdeu a pose:

— Não estou fazendo nada. Elas são inúteis e preguiçosas. Vivem na frente da televisão o dia todo e conversando no telefone.

Luciana não queria brigar, mas estava furiosa:

— Elas ficam vendo TV ou lhe fazem companhia? Acho que fazem o que é preciso fazer, atendem às suas necessidades, dão banho na senhora, trocam suas fraldas, que não são perfumadas... e não fazem nada?

Balbina começou a chorar. Júnior interferiu:

— Luciana, por favor. Ela está se recuperando. Acho melhor deixar isso para depois.

Luciana não se rendeu ao choro da mãe, e prosseguiu:

— Nada disso, Júnior, ela precisa ouvir a verdade. Está cheia de vontades, achando que empregado é escravo. Se deixarmos, ela vai chicotear a acompanhante e mandar as enfermeiras para o tronco. Ela não sabe o quanto custa manter essa casa. A escravidão acabou há muito tempo. Ela estava precisando ouvir todas as verdades. Deixe-a chorar. Lágrimas são ótimas para lavar os olhos. Quem sabe assim ela enxerga melhor — pegou sua bolsa no quarto e saiu.

Júnior ficou ouvindo o choro e as lamentações da mãe. Não teve coragem de sair e deixá-la naquele estado. Sabia que Luciana estava cansada, que a parte dela era pesada. Era a irmã quem aguentava a rotina da mãe, mas ele se sentia impotente para mudar a situação. Já lhe bastavam seus problemas pessoais, que não tivera coragem de confidenciar para a irmã. Chamou a enfermeira e perguntou se havia algum remédio prescrito, um calmante leve para dar a Balbina. A enfermeira saiu apressada e voltou em seguida com um copo de suco e um comprimido. Delicadamente, fez Balbina engolir a cápsula e beber o líquido e perguntou se ela queria mais alguma coisa. Ao "obrigado" de Júnior, retirou-se da sala. Júnior tentou, sem sucesso, conversar coisas sem importância com a mãe. Quando ela cochilou, chamou a enfermeira novamente e saiu.

Precisava pensar na sua vida. Telefonou para Cleonice, ficou ouvindo o sinal de ocupado. Estava irritado consigo mesmo, com a situação que ele próprio criara. Não conseguia dividir seu erro com a amante. Culpava-se inteiramente por tudo que acontecera. A gravidez de Cleonice era o que mais o angustiava. O desfecho era previsível. A criança nasceria, seria registrada em nome de Josué e Cleonice. E ele, ficaria como? Cleonice tinha firmado que engravidara dele, quem melhor do que a mulher para saber de quem é o filho que traz no ventre? A resposta lhe pareceu tão óbvia que não merecia comentários. Ou não seria assim? Algumas certezas se tornam tão absolutas que ninguém ousa contestar, mas ele não pensava assim. Tinha todo o direito de duvidar da paternidade do filho de sua amante. Por que excluir o marido como o pai mais provável? Até a lei, uma criação abstrata do homem, presume ser o marido o pai do filho de uma mulher casada. Por que somente com ele seria diferente? Já consultara seu médico de confiança e ouvira uma observação de que não tinha gostado. Deveria saber que correria o risco de dividir a mulher com o marido. Quem será que ele pensava que era? Amante de mulher casada é corno conformado. A verdade dita dessa forma o magoou fundo. Era um corno conformado. Ser enganado pela mulher é um risco a que todo homem se expõe. A mulher também, casada ou amasiada. Por que com ele seria diferente?

Essas preocupações se instalaram na mente de Júnior pelo resto do domingo e prosseguiram noite adentro. Acordou na segunda-feira disposto a um ultimato: dar fim ao romance com Cleonice ou assumi-la como sua mulher. Estava fora de seu estado habitual de serenidade, sem conseguir se controlar. Raciocinava com a emoção. E foi nesse estado que conseguiu finalmente falar com Cleonice por telefone. Estava agressivo:

— Acho que precisamos decidir nossas vidas. Do jeito que está não pode continuar.

14.

Cleonice estava conversando com as funcionárias, antes de iniciar o expediente comercial. Às segundas-feiras gostava de promover esse encontro. Ao segundo toque, resolveu atender. Disfarçou a surpresa. Não sabia se dava um basta no amante ou se o acalmava primeiro:

— Por telefone fica impossível tratar desse assunto.

As funcionárias se entreolharam, curiosas. Ouviam a voz do homem com quem a patroa falava, embora sem entender o que ele dizia. Vendo que o amante estava muito irritado, Cleonice desligou o telefone suavemente e continuou a reunião. Não pediu desculpas nem deu explicações, pois sabia que não conseguiria disfarçar o nervosismo. Tinha se controlado com muito esforço.

Deu por encerrada a reunião de trabalho e foi para sua sala. Deveria telefonar para o amante ou esperar que ele ligasse novamente? Estava abalada. O inesperado telefonema era um fato incomum na relação dos dois. Foi se acalmando, mas uma forte irritação foi tomando corpo. Geralmente era ela quem ligava, sem ninguém por perto, para saber como tinha sido o fim de semana, dizer que sentira saudades e que continuava a amá-lo, o amava mais do que antes. Não admitia grosserias nem agressões.

Resolveu não retornar a ligação. Estava em um momento de sua vida em que não iria se aborrecer por nada. Teria uma gravidez tranquila, era seu propósito. Levaria às últimas consequências qualquer tipo de perturbação à paz que estava vivendo, para manter a vida do filho em seu ventre livre de influências externas. Teria um parto normal. Seria uma mãe feliz e realizada, um sonho que realizaria sem transtornos ou tempestades, viessem de onde viessem.

Realizara-se como profissional, sabia que era um sucesso no ramo, pois provocava inveja nos concorrentes. Mas por mais que colhesse lucros e elogios, sentia-se incompleta. A maternidade lhe fazia falta, era um vazio que precisava ser preenchido, estava há mais de quatro anos de casada e ainda não engravidara. Nunca colocara em dúvida suas condições favoráveis para engravidar, estava certa de que era só questão de tempo. Certeza é um sentimento traiçoeiro, por isso não se detinha em perguntas que não poderia responder. Mas não alimentava dúvidas de que o filho era do amante.

Josué nunca se preocupara, nem antes nem depois que ela engravidara, pois nunca tinha tocado no assunto. Nunca soube se ele ansiava por ser pai. Parecia inteiramente conformado com a situação. Gostava de ser o alvo das atenções, o que ela lhe proporcionava em quantidade, e isso lhe bastava. O romance com Júnior a despertara como fêmea, mas nunca se descuidara das obrigações de esposa. O sexo com Josué sempre fora harmonioso, embora sem as loucuras que experimentava com o amante.

Estava feliz com a gravidez. Quem seria o pai? Isso não a incomodava. O importante era que trazia no ventre a semente de uma nova vida. Mesmo diante da mudança de comportamento de Josué continuava feliz. Ele nunca perguntava como ela estava se sentindo. Não se importava. Assim não teria que duvidar de sua paternidade. Os ciúmes que demonstrara no início e a curiosidade de querer saber onde ela estivera durante o dia haviam diminuído. Josué parecia ter-se recolhido ainda mais dentro de si mesmo; no mais, continuava o mesmo homem misterioso, de pouca conversa e desinteressado de tudo que o rodeava.

Cleonice achava melhor assim. A obsessiva curiosidade dele sobre seus passos poderia atrapalhar o relacionamento.

Continuavam sem fazer sexo, o que a deixava mais livre, pois se satisfazia plenamente com o amante. Josué só mudara nisso, continuava sendo o mesmo marido. A mudança de comportamento na cama fora para melhor, intimamente ela a festejava.

O dia passou rápido e Júnior não telefonou mais. Voltou para casa com uma ligeira sensação de que alguma coisa estava fora de sintonia. Um banho demorado iria relaxá-la. Estava cansada, pois o ventre já lhe pesava. Trabalhara em excesso, para compensar o mal-estar provocado pelo telefonema de Júnior. Ele teria a resposta que merecia, prometeu a si mesma. Teve um sono agitado, sonhou tolices que a incomodaram. Acordou na manhã seguinte de humor azedo.

Felizmente, o marido já saíra para o trabalho. Tomou café devagar, pois não tinha pressa de chegar à loja. Visitava as filiais do centro da cidade e da Savassi duas vezes por semana, mas apenas para que soubessem quem era a patroa. Havia formado gerentes de confiança, preparara suas auxiliares com muito zelo. Sabia que comerciante que faz tudo, do tipo centralizador, nunca expande os negócios, e quando se aventura raramente alcança sucesso. O comércio continuava estável, o que dava a Cleonice a tranquilidade para planejar novos investimentos. Quem não sabe repartir não pode ir além do que consegue controlar.

Aprendera isso na prática, por isso deixara a fábrica por conta de Júnior e ficara com mais poder no varejo. O amante teimava em manter sua loja de calçados masculinos, mas vivia se queixando de que nunca via lucros, sem motivo, em sua opinião. Júnior era um bom sócio, tinha tino comercial, mas precisava deixar algumas funções para Luciana. Depois que deixara a oficina de consertos nas mãos da irmã e se dedicara somente à fábrica, prosperara em ambas. Com Luciana trabalhando na expedição da fábrica, não haveria mais tanto atraso nas entregas. Fora uma decisão acertada. A ideia tinha sido dela, mas foi Júnior quem convidou Luciana. Cleonice não quis elogios pelo acerto de sua sugestão. O importante foi que ele concordara.

O café forte a reanimou, e uma ducha quente completou

sua disposição para ir trabalhar. Já estava na garagem quando o telefone tocou. Era Júnior. Segurou a vontade de xingá-lo antes que ele falasse qualquer coisa. Ele queria vê-la. Combinaram no estacionamento do shopping BH. Ele queria que fosse imediatamente. Ela não concordou, só poderia encontrá-lo à tarde. Júnior insistiu. Queria vê-la antes do almoço. Cleonice foi firme:

— À tarde. No mesmo lugar. Beijo — e desligou.

Não gostava de ser rude com ele, mas Júnior precisava saber que ela tinha suas obrigações e não estava sempre à disposição, de acordo com sua vontade. Depois da grosseria dele no dia anterior, achava que fora até suave. Devia ter-se recusado, mas não disse "não" porque estava com saudades. Júnior era importante para ela. Não se importava com a relação comercial, com os lucros ou com a fama. Seria uma mulher de sucesso com ele ou sem ele, já se convencera disso.

O marido também era uma peça importante no seu crescimento. Fora com o apoio de Josué que fizera os investimentos nos pontos comerciais. Todas as despesas volumosas, desde a compra dos pontos até as instalações, tinham sido possíveis graças à boa vontade dele. Nunca imaginou que Josué pudesse dispor de grandes quantias. Ele era sempre discreto sobre o quanto ganhava e o que havia aplicado. O escritório de contabilidade era muito bem conceituado e o marido competente, trabalhador e responsável, mas havia as despesas de aluguel das salas, o pagamento de salários aos funcionários e os impostos. Nunca havia pensado nisso antes, mas a quantidade de dinheiro que Josué já havia empregado em seus negócios era enorme. Uma vez, quando ela pagou um preço exagerado por um ponto na Savassi, uma região de comércio sofisticado em Belo Horizonte, Júnior perguntou-lhe se não achava muito caro. Respondeu que achava, mas que valia a pena. Não lhe passou pela cabeça que se o dinheiro tivesse que ser retirado da sociedade eles não comprariam. Júnior fez um comentário que ela guardou na memória:

— O dinheiro deve estar sobrando em sua conta corrente.

Josué não questionou se era caro ou barato. Deu-lhe o

dinheiro, e nunca perguntou se ela iria devolver. Cleonice se lembrava dessa e de outras ocasiões em que Josué a apoiara com generosas quantias. Foi por causa desses investimentos que pôde se tornar sócia majoritária nas lojas. Às vezes, mas não habitualmente, já se perguntara por que o marido nunca lhe contara que era rico antes de se casarem. Quando Josué lhe propôs namorar e depois noivar e casar, não havia tanta fartura de dinheiro. Foi após o casamento, quando lhe disse que tinha vontade de vender os sapatos que produzia, que ele sugeriu:

— Por que não monta uma loja? Você vai ganhar duas vezes, terá o lucro industrial e o comercial. Quem fabrica e vende no varejo não tem concorrência. Pode colocar os preços que quiser.

Ela conversou com Júnior — naquela época eram apenas sócios — e ele a alertou para o valor do investimento. A fábrica não podia arcar com o ponto, pois se tirassem o dinheiro de capital de giro ficariam sem condições de aumentar a produção e correriam o risco de ter que pedir empréstimo a algum banco, algo que Júnior desaconselhava. Josué não tinha hesitado:

— Eu empresto o dinheiro, mas com uma promessa: você não pode dizer de onde veio ou quem lhe emprestou, quem lhe deu o dinheiro.

Ela aceitou, e ainda ficou envaidecida por parecer importante para Júnior. Foi feita a primeira alteração na participação dos sócios no contrato social, ideia que partiu de Júnior. Josué sorriu, misterioso.

Quando começaram o romance, resultado de um prolongado jogo de sedução, Cleonice contou ao amante onde arranjara dinheiro para os investimentos que fizera nos pontos comerciais. Depois achou que devia contar ao marido. Ele, pela primeira vez, perdeu a calma habitual, passou-lhe uma descompostura que a fez chorar a noite inteira. Nunca vira o marido tão nervoso, nem parecia o homem sensato e contrário a comentários que ela conhecera e com quem se casara. Estava arrependido de ter confiado nela, e gritou com raiva:

— Espero que essa ideia maluca desapareça de sua cabeça. Se fosse para aparecer meu nome como investidor, eu teria autorizado. Você se comprometeu a não dizer quem lhe dera o dinheiro. Ou não?

Cleo ficou receosa de que Josué a agredisse fisicamente. Felizmente ele se acalmou, e nunca mais falaram no assunto.

O dia se arrastou devagar e sem cor. Esperou com ansiedade chegar a hora de se encontrar com Júnior. Experimentou um sapato novo e comprou um vestido na loja vizinha. Olhou-se no espelho. Estava bonita. A barriga ainda não aparecia, denunciando que estava grávida. Retocou o batom e foi para o estacionamento, onde Júnior já a aguardava com impaciência. Não se beijaram como era de hábito.

Cleonice não se despiu ao entrar no quarto. Júnior, que já tirara a camisa e descalçara os sapatos, parou a meio caminho:

— Está fazendo pirraça, Cleo?

Atirou-se na cama e ficou esperando que ela desabafasse o que tinha guardado. Cleonice queria apenas conversar. Não gostava de deixar para depois o que lhe desagradava. Júnior continuou na cama, ligou a TV e fingiu se interessar pelo filme trash de sexo explícito. Cleonice levantou-se da cadeira onde se refugiara, e, furiosa, pegou o controle remoto e desligou a TV:

— Será que podemos conversar?

Detestava o ar de deboche que o amante fazia quando ela estava irritada. Sentia vontade de esganá-lo, mas controlou-se, por causa da gravidez, e se deitou ao lado dele:

— Não gostei nem um pouquinho da ameaça que me fez por telefone.

Júnior a abraçou, e beijou-lhe os lábios suavemente. Foi o suficiente para inflamar Cleonice. Ela retribuiu com beijos prolongados e muitos carinhos. Júnior a despiu, enquanto ela suspirava de prazer.

Mais tarde dormiram o sono de amantes saciados. Acordaram assustados com a escuridão que invadira o quarto. Anoitecera rapidamente. Vestiram-se apressadamente e voltaram às obrigações comerciais de cada um.

Cleonice não se arrependeu de ter cedido ao primeiro

beijo do amante. Fizera planos de esclarecer o que o ele insinuara com aquele "acho que precisamos decidir nossas vidas", mas no motel esqueceu-se de tudo: da raiva, dos planos de rebeldia, do pedido de satisfação pelo atrevimento e a ameaça aos gritos: "Do jeito que está não pode continuar".

Júnior estava mais carinhoso que de costume. Cleonice aproveitou para ter uma tarde relaxante de sexo e prazer. Antes de sair da loja naquele dia, telefonou para Júnior:

— É só pra lhe dizer que te amo — e desligou antes de ouvir a voz do amante.

15.

Luciana tinha certeza de que a voz ao telefone era de sua cunhada. Atendera automaticamente, enquanto Júnior conferia uma Nota Fiscal que viera errada.

— Quem é — ele perguntou.

Luciana, mal refeita do susto, foi sucinta:

— Não sei, Júnior. Desligou quando atendi. Deve ter sido engano.

Continuaram trabalhando por algum tempo e saíram juntos. Júnior tinha o hábito de ir ver a mãe antes de ir para casa. Balbina estava de mau humor, o que já não era novidade para os filhos. Luciana estava passando maus momentos com a mãe, mas não jogava os problemas de casa em cima do irmão. Já bastava ela se aborrecer.

Ele tinha voltado à fábrica à noite, os empregados já haviam encerrado o expediente e só a irmã continuava no escritório, depois de trancar o almoxarifado, onde improvisara uma sala de expedição. Precisavam de espaço. A fábrica precisava se mudar para um galpão. Era uma medida urgente, e ela se preparou para conversar com Júnior. Não viu necessidade de levar o assunto para Cleonice, pois ela não tomava decisões nem participava da administração. Sua função era desenhar a coleção e depois receber sua parte nas vendas, e funcionava bem assim. Júnior ouviu com atenção, e deixou a cargo de Luciana procurar um novo espaço para instalar a fábrica. Confiava na irmã, já estava delegando poderes, algo que aprendera com sua sócia.

Luciana sabia da responsabilidade que assumira, mas não ficou temerosa.

Deixou o irmão conversando com a mãe e foi ao quarto telefonar para Bento. Estava gostando dele, não a incomodava a diferença de idade. Ele lhe dissera no dia anterior que se sentia muito bem disposto e era saudável. Ela havia achado engraçado, o que pareceu embaraçá-lo. Pediu desculpas. Ele se aprumou mais, e prosseguiu:

— Não estou fazendo propaganda de mim mesmo, mas é verdade que me sinto como se fosse bem mais jovem.

Ela o interrompeu:

— Eu não ri do que você falou. Achei graça de sua preocupação com a idade, pois quero que saiba isso não me incomoda. Gosto que seja maduro, pois já viveu o que tinha de viver e sabe o que está fazendo. Se eu quisesse um garotão, seria fácil. Sinto-me segura com você. Gostaria que não falasse mais nisso — e deu-lhe um beijo suave nos lábios como se pedisse desculpas.

Nunca mais tocaram no assunto. Ela gostava de telefonar para ele todos os dias, quando chegava em casa. Falaram-se rapidamente, combinaram de se ver mais tarde. Ela desligou e voltou à sala. Júnior já tinha ido embora. Balbina quis saber com quem ela estava falando ao telefone. Luciana foi malcriada:

— Com meu namorado. Está satisfeita? — sua paciência com as intromissões da mãe estava no limite.

Balbina quis saber de Josué. Pediu à filha que ligasse para ele. Ela discou o número e entregou o fone a Balbina.

— Quero falar com meu filho.

Luciana ouviu o clique do telefone sendo desligado com violência, e em seguida o sinal de ocupado. Balbina estendeu o telefone para Luciana e resmungou:

— Desligaram na minha cara. Deve ser a mal-educada da mulher dele. Coitado de meu filho. Ele deve estar muito infeliz.

Luciana não quis mais ouvir as lamúrias da mãe. Aprontou-se com capricho e foi se encontrar com Bento, que já a esperava na porta do prédio. Foram ao cinema, jantaram e ele a levou para casa. Ela esperava que ele a convidasse para passear ou ir a um lugar sossegado, ficou um pouco decepcionada. Mas não deu ao namorado nenhuma chance de ser mais ousado, agiu como se quisesse apenas conversar. Há homens que são tímidos, Bento devia ser um deles. Quando chegou em casa ele telefonou, agradeceu, marcaram novo encontro.

Na cama, ela fez planos de um dia se casar. Voltou a pensar em ter filhos, há quanto tempo não pensava nisso! Sairia do círculo vicioso em que estava amarrada. E o irmão? Aquela voz era de Cleonice, a declaração de amor fora para Júnior, ela agora não tinha mais dúvidas: seu irmão e Cleonice mantinham um romance secreto. Não era de sua conta, mas ao mesmo tempo, era. Seus dois irmãos estavam envolvidos em uma situação embaraçosa e difícil, de solução pacífica quase impossível.

A família se envolveria inteiramente na loucura dos dois. Sempre ouvira dizer que as pessoas sentem um prazer maldoso em condenar o erro alheio, pois isso as ajudava a perdoar seus próprios erros. Mas ela não sentira nenhum prazer em saber do romance, pelo contrário, estava com medo, medo do futuro e dos problemas que isso traria, se algum dia tudo fosse descoberto.

Não há segredo que nunca seja revelado, especialmente os segredos de amor. A paixão desenvolve sentimentos incontroláveis, que explodem por qualquer motivo, envolvendo pessoas e criando situações perigosas. Balbina não poderia jamais saber que Josué e Júnior eram rivais por causa do amor de uma mulher. Ela mataria quem ousasse ferir Josué.

Quanto mais pensava, mais Luciana se espantava com a revelação que lhe caíra nas mãos sem que houvesse procurado. Quisera nunca ter atendido àquela maldita ligação. *Como Cleonice pudera ser tão imprudente?*, perguntava-se noite adentro. Uma insônia persistente não a deixava dormir. Foi à cozinha beber água. Ouviu o chamado da mãe:

— O que está acontecendo, Luciana? Por que está zanzando aí na cozinha de madrugada?

Voltou ao quarto e começou a chorar até ficar cansada e adormecer. Acordou assustada. Olhou o relógio e pulou da cama. Vestiu-se de qualquer maneira e foi para a oficina de consertos. As tarefas do dia estavam apenas começando.

A oficina continuava um sucesso, mas sem sua presença constante algumas situações difíceis começaram a aparecer; ou bem ela se dedicava à fábrica em expansão ou aos consertos de sapatos, e essa era uma decisão que ela teria que tomar sozinha. Júnior já não se preocupava com os pequenos obstáculos que costumam aparecer em negócios pequenos. Ela assumira, mas sentia que não estava lhe sobrando tempo para se dedicar como devia.

A fábrica exigia sua presença no dia a dia. Não se tratava apenas da expedição de sapatos para as lojas de Cleonice. Se fosse somente isso, seria muito fácil. Júnior havia colocado um representante comercial para atender outros lojistas da capital, havia pedidos todos os dias e também reclamações. O representante ficava ansioso quando suas entregas atrasavam e não saía da fábrica enquanto seu pedido não fosse liberado. Não podia contrariá-lo, pois ele era importante na manutenção da produção, era a ligação entre a indústria e o varejo.

Quando Luciana chegou na fábrica, Júnior estava na expedição adiantando seu serviço. Ficou aborrecida com ele, não gostava que ninguém fizesse o serviço que era sua responsabilidade. Júnior foi educado:

— Não quis me intrometer, mas foi para atender um comprador importante. Sei que está com muito serviço, imagine quando nos mudarmos para um espaço maior e o serviço aumentar. Você precisa de um auxiliar.

Luciana sabia que o irmão tinha razão. Acalmou-se, deu-lhe um sorriso e se desculpou:

— Pode deixar, eu termino o que está fazendo. Conheço esse comprador, ele é insistente, mas compra muito e paga bem.

Já havia se informado sobre galpões na região do bairro São Francisco. Bento conhecia alguns proprietários na região e ficou de levá-la até eles, para que visse os galpões. Luciana aceitou a ajuda e marcaram na hora do almoço. Ele a pegaria na fábrica. Viram vários galpões e depois almoçaram, num restaurante famoso por seu frango ao molho pardo. Mais tarde retornaram à fábrica, e à noite se falariam novamente.

Luciana fez um minucioso relatório do que vira ao irmão. Júnior gostou de um especialmente, mas queria a opinião de Cleonice, embora na fábrica ela não decidisse nada. Luciana entendeu as razões do irmão e não questionou. Achava que era necessário ouvir a cunhada. Seria também uma oportunidade para Luciana conversar a sós com Cleonice, se o irmão deixasse. Júnior concordou, sem fazer comentários. O encontro seria no shopping, após o final do expediente na fábrica. Luciana estava ansiosa para observar o comportamento dos dois na frente dela.

Não ficou decepcionada. Havia uma energia diferente entre os dois quando se encontraram. Luciana não perdia um gesto do irmão. Foram muito discretos. Júnior não disfarçou seu carinho com a amante, mas Cleonice foi discreta. Ele perguntou se ela estava bem, se as outras lojas estavam com movimento e se precisava de alguma coisa. Cleo sentou-se ao lado da cunhada, recusando a cadeira que Júnior lhe oferecera. Luciana percebeu que o gesto fora estudado, ela teria feito o mesmo se estivesse vivendo a mesma situação. Mulher sabe disfarçar para um homem, mas para outra mulher, é impossível.

Era óbvio que entre os dois havia muito mais do que amizade e interesse comercial. Quando a reunião terminou, Luciana estava inteiramente convencida de que Cleonice e seu irmão eram amantes. Bento a apanhou no estacionamento do shopping. Júnior se desculpou, precisava tratar de outros assuntos com Cleonice. Mais tarde se veriam na casa de Balbina.

Luciana queria passar em casa para tomar um banho antes de sair. Bento disse que seria perda de tempo. Luciana concordou, pois queria passar mais tempo com o namorado. A companhia de Bento era agradável, ele era inteligente e espirituoso e estava atualizado com as notícias sobre moda e política, não era um homem de meia-idade afastado do mundo.

Bento tomou o rumo da cidade de Nova Lima. Queria

que ela conhecesse um restaurante especializado que servia cogumelos. Ela disse que era cedo para jantar. Ele não queria jantar, apenas beber um suco e aproveitar o panorama do Vale do Jambreiro, que se descortinava da varanda do restaurante. Luciana concordou. De qualquer maneira, não era fã de cogumelos. Conversaram sobre coisas sem importância. Ela bebeu uma taça de vinho e ele suco de uva. Não insistiu quando ele recusou álcool, ficou mais tranquila com sua prudência em não misturar álcool e volante. Essas atitudes sensatas a agradavam num homem.

Saíram de lá e ele a convidou para passar em um motel. Ela não recusou, pois esperava pelo convite. Jantaram no motel e Bento a levou para casa.

Luciana estava feliz. Há muito tempo não se sentia mulher, como lhe faziam falta os carinhos de um homem! Deixara sua vida escorrer lentamente, cuidando da mãe e se preocupando com os irmãos. Não deixaria mais isso acontecer. Precisava viver melhor, pensar em si, cuidar de seu corpo e do prazer de ter alguém ao lado. Não se descuidaria de sua mãe nem se esqueceria de Júnior, que estava em uma bruta enrascada, mas não deixaria sua vida ao deus-dará.

O destino não é o que muita gente imagina, algo que está traçado e você tem que se conformar. Pode ser modificado. Depende de a pessoa querer, e ela não acreditava em sorte, nem boa, nem má. Foi direto para o quarto sem se preocupar em ir ver a mãe, e pela primeira vez não se culpou por isso. *Era um grande progresso*, pensou, enquanto se recolhia debaixo dos lençóis.

16.

As semanas seguintes foram inteiramente dedicadas à fábrica. Nunca imaginara que mudar de um local para outro fosse tão demorado. O trabalho pesado foi feito pela transportadora, mas os detalhes ficaram por conta de Júnior, Luciana e do encarregado da produção. Contrataram carpinteiros, eletricistas e bombeiros para colocar a fábrica em funcionamento. As máquinas foram revisadas e o escritório renovado. A expedição de mercadorias ficou em posição estratégica, entre o estoque de produtos acabados e o portão de embarque, longe do maquinário. Luciana cercou o espaço com divisórias de madeira e tela de arame até o teto. Foi necessário resguardar o almoxarifado de forma semelhante.

Estavam satisfeitos com as mudanças, pois haveria espaço sobrando se quisessem adquirir mais máquinas. Quando tudo voltou à normalidade e os operários retornaram de uma semana de férias, Cleonice veio conhecer as novas instalações. Trouxe uma pizza e refrigerantes para comemorar, e foi discreta nas felicitações aos irmãos. Luciana se admirou de seu controle emocional. Júnior não se conteve, abraçou a sócia e beijou-lhe o rosto.

Cleonice beijou a cunhada para disfarçar. Luciana percebeu que o gesto fora forçado, embora Cleonice sempre a beijasse quando se encontravam. Dessa vez foi diferente, como se ela quisesse mostrar que beijara os dois para parabenizá-los pelas instalações. Cleonice já não cumprimentava seu irmão com um beijo, e raramente beijava Balbina quando ainda comparecia aos almoços de domingo. Luciana estava alerta, colocando maldade em tudo, talvez estivesse exagerando em suas suspeitas. Quando disse que ia sair com Bento perguntou à cunhada se queria que a deixasse em algum lugar, pois viu que ela chegara de táxi. Ela agradeceu. Júnior a levaria à loja quando saísse.

Beijou-a novamente quando se despediu. Estava feliz, mas muito cansada. Pediu ao namorado que a deixasse em casa, mas antes queria ir até a oficina para ver como tudo estava se ajeitando sem sua presença. Bento a convidou para conhecer sua casa:

— É aqui ao lado — insistiu.

A casa era muito maior do que ela imaginava, tudo muito limpo e arejado. Era como se ninguém morasse ali. Não viu nenhum retrato sobre os móveis. Quis perguntar sobre sua mulher, mas recuou. Não seria adequado, embora achasse que um viúvo deveria manter uma lembrança da companheira, talvez um porta-retratos em um lugar de destaque na casa. Não perguntou nada, embora estivesse curiosa. Haveria um momento certo para isso. A organização da casa se refletia no quintal. Admirou a quantidade de árvores frutíferas, bem podadas e carregadas. Havia ainda um canil desativado. Bento quis saber se ela gostava de cães.

— Não muito, mas são necessários para alertar.

Luciana beijou-o com carinho redobrado. Marcaram encontro para o dia seguinte. Ela telefonaria antes. Bento quis mais carinho, mas Luciana disse que gostaria de ir:

— Amanhã vou compensar você com sobra.

Bento a levou para casa. Luciana queria conversar com a mãe, saber como fora a semana, pois havia algum tempo que não lhe dava a menor atenção. Balbina já estava andando pela casa, dispensara a cadeira de rodas. Estava de bom humor, fato raro ultimamente. Luciana aproveitou para retomar o diálogo, que andava perdido.

Balbina quis saber se ela tinha notícias de Josué. Depois perguntou por Cleonice, sem citar seu nome, referiu-se à nora como "aquela mulher". Luciana não quis começar uma discussão inútil, respondeu que "aquela mulher", que era casada com Josué, estava bem, que estivera com ela há algumas horas quando viera conhecer as novas instalações da fábrica. Balbina se interessou:

— Josué foi com ela?

Ao saber que o marido não a acompanhara, quis saber o que ela tinha ido fazer lá sozinha, e frisou o "sozinha". Luciana já estava perdendo a paciência, mas se conteve, pois não tinha nada com isso. Disse à mãe que devia perguntar a Cleonice ou a Josué. Balbina quis saber por que Josué não viera mais aos almoços de domingo. Luciana, percebendo que a mãe queria notícias do filho, sem se importar com mais ninguém, sugeriu que ela telefonasse todos os dias para ele e perguntasse o que quisesse. Balbina não deixou passar a oportunidade:

— Não adianta ligar. Aquela mulher atende e desliga o telefone quando escuta a minha voz. Não sei quem é mais infeliz, se eu ou meu filho — Balbina tomou fôlego e disparou sua ladainha de abandonos.

Disse que o filho sempre tinha sido carinhoso, bom filho, trabalhador e esforçado, mas depois que se casou a deixou de lado; que o sofrimento de uma mãe quando vê um filho infeliz é muito grande. A culpada de tudo era aquela mulher desalmada, uma sirigaita enfeitada, cheia de armadilhas. Ela devia ter feito macumba para enfeitiçar o filho, era a única explicação para que Josué ficasse tão distante dela. Ele era calado porque todos caçoavam dele, não lhe deram oportunidade de brincar nem de mostrar o quanto sabia ser simpático e amigo.

Luciana desistiu da intenção de conversar com a mãe. Era impossível, ela só via aquele filho na sua frente. Os outros, que a rodeavam de carinho e cuidados, não significavam nada, nem ela nem Júnior. A atitude da mãe era injustificável, ela merecia ficar sozinha no fim da vida, pois Josué não lhe daria amparo. Balbina fingia estar sofrendo, fazia questão de reclamar para as enfermeiras e acompanhante, embora não tivesse motivo para se sentir infeliz. Ela ouvira de uma das enfermeiras que ficara "com dó de Dona Balbina", e nesse dia sentiu vontade de contar a verdade para a moça, mas refletiu melhor e resolveu que de nada adiantaria. A enfermeira não ia entender e poderia até pensar que ela era uma filha ingrata, desumana.

Na opinião dessa enfermeira, Josué era o único filho que gostava de Balbina. Felizmente ela foi a primeira a ser dispensada. A outra seria dispensada em breve, pois Balbina estava mais independente. Ainda manteriam a acompanhante para lhe fazer companhia à noite, mas pensavam em dispensá-la também. A cozinheira, em caso de urgência, os chamaria para acudir. Ela e Júnior já haviam decidido, só faltava comunicar a Balbina, o que iria desencadear uma enxurrada de reclamações, queixas de abandono e solidão, pois não teria mais com quem conversar. A TV não lhe interessava mais, até as novelas já abandonara, porque "era tudo a mesma coisa".

Luciana ficou observando a mãe, sem dizer nada. Sentira vontade de perguntar o motivo de sua preferência por um filho, que sempre fora uma pessoa completamente alheia a tudo e a todos. O que Josué tinha de especial aos olhos dela? Estivera doente quando criança, ou nascera em um momento difícil na vida do casal? Ainda era uma menina quando Josué nasceu, mas ficou intrigada com o mistério sobre o parto. Sua mãe ficou hospitalizada por alguns dias e nem Júnior nem ela puderam ir conhecer o irmãozinho. Quando nasceram os dois irmãos do meio, com intervalo muito pequeno, e depois, quando vieram os gêmeos, já estava mais crescida, e pôde avaliar a diferença no comportamento de sua mãe.

Nunca lhe foi permitido dar banho em Josué, mas dava banho nos outros irmãos, desde muito pequenos, e até esquentava a mamadeira, podia ficar com eles no colo, enquanto sorviam o leite. Com Josué tudo era diferente. As melhores roupas e os melhores sapatos eram para ele, o que a fazia ficar curiosa, pois a todos os outros eram dados sapatos comuns, todos iguais, e as roupas passavam dos mais velhos para os mais novos depois de limpas e remendadas.

Balbina sempre fora caprichosa com a casa e com os filhos, mas caprichava mais quando era para Josué. Esse comportamento gerava ciúmes, e geralmente descambava para as brigas. Quem agredia Josué ficava de castigo, mas antes apanhava de chinelo. O pai intervia, mas Balbina não mudava, protegia descaradamente Josué. Luciana se lembrava desses fatos com muita nitidez, mas a razão do apego a um filho específico nunca conseguira entender. Talvez isso explicasse por que os filhos tinham saído tão cedo de casa e hoje davam poucas notícias. Somente Júnior e ela tinham ficado, Júnior porque assumiu a responsabilidade de chefe da família, e ela, por ser mulher, o que hoje a fazia se sentir inteiramente idiota e infeliz. Deveria ter seguidos os passos dos irmãos que debandaram, mas, ao contrário, se acomodou, cuidou da mãe, trabalhou com o irmão. Progrediu também, pois já tinha cinquenta por cento da oficina de consertos e iria receber uma participação nos lucros da fábrica. Não sabia quanto, mas o irmão reconheceria seu trabalho.

Estava satisfeita com o namoro, Bento a fazia feliz. Não fazia mais porque ela não permitia. Júnior aprovava o namoro, disse que daria seu apoio quando a mãe finalmente soubesse. Mas por mais rodeios que fizesse, Luciana ainda não tinha encontrado uma brecha para dizer a Balbina quem era o namorado. Sua reação era uma interrogação. Balbina não era mais aquela mulher moderna e compreensiva que os criara, e que apesar de seu desatino e fixação em Josué, cuidara de todos, garantindo a higiene e a alimentação. Cuidados com a saúde felizmente nunca tinham precisado, eram todos saudáveis.

A mãe continuava se lamuriando, e não dava sinal de parar. Felizmente, Júnior chegou, e Luciana pôde se retirar para descansar, deixou por conta de Júnior as lamúrias seguintes, sempre as mesmas, pois Balbina as repetia para quem chegasse e lhe desse ouvidos.

17.

Júnior levou Cleonice até a loja na esperança de que fossem ficar juntos por algumas horas. Cleonice estava mais calada do que habitualmente. Depois da alegria demonstrada pelo êxito das novas instalações da fábrica, ficou em silêncio durante todo o trajeto. Júnior perguntou se ela estava indisposta, disse que entenderia. Ele estava feliz e queria comemorar, mas somente com ela.

Cleonice começou a chorar. Ficaram no estacionamento, atentos às pessoas que entravam e saíam em seus carros. Ela relatou, em rápidas palavras, o que acontecera entre ela e o marido quando chegara em casa após o último encontro. Contou que tinha ficado contente porque haviam superado o desentendimento, até ligara para ele antes de fechar a loja. Júnior disse que não se lembrava de ter falado com ela. Cleonice retrucou que não esperara para ouvir a voz dele, desligara logo, apenas tivera o ímpeto de lhe dizer que o amava e que estava feliz.

— Não me lembro de ter atendido essa ligação.

Cleonice não deu importância ao comentário dele, continuou contando que tivera uma forte discussão com o marido quando chegara em casa. Ele queria conversar sobre a gravidez, foi muito agressivo e disse que, depois do parto, queria que ela engravidasse novamente. Seu desejo era ter a casa cheia de filhos.

Cleo achou muito estranha a conversa, mais ainda quando ele afirmou que queria ter muitos outros filhos. Esse assunto nunca fora abordado antes, até então ele parecia totalmente indiferente à possibilidade de terem filhos e nunca haviam planejado nada nesse sentido. A conversa entre os dois tinha começado tranquila, mas azedou quando ela disse que uma nova gravidez dependeria da vontade dela, não da dele.

Júnior quis saber se ela fora agredida fisicamente ou se fora apenas um desabafo verbal do marido. Ficou sabendo então que Josué era extremamente tranquilo, jamais a agrediria. Ela disse que ele tinha sido agressivo apenas para expressar sua indignação. Talvez ele tivesse sido apenas firme, e ela não soube expressar para o amante o que realmente acontecera. Júnior não ficou convencido. Insistiu em saber dos detalhes. Cleonice, que já se irritara com as pessoas olhando para eles no estacionamento do shopping, onde era muito conhecida, explodiu:

— Chega, Júnior! Não quero ficar aqui sendo vista por todo mundo. É evidente que quem olhar vai saber que estamos discutindo.

Júnior rebateu:

— Não tenho de dar satisfação para ninguém. Estou dentro do meu carro conversando com a minha mulher.

Cleonice abriu a porta para sair:

— Se você não tem que dar satisfação, eu tenho. Sou casada com outro homem. Sou sua mulher dentro de um motel, aqui sou sua sócia, somente isso — e saiu em seguida, batendo a porta com força.

Júnior a seguiu até a entrada lateral do espaço onde ficavam as lojas. Cleonice parou e o encarou:

— Se você insistir, serei obrigada a chamar o segurança e dizer que não te conheço, que estou sendo incomodada por um estranho.

Júnior desistiu. Foi até a cabine, pagou o estacionamento e saiu em seguida. Cleonice seguiu para a loja com passos indecisos. Estava abalada com a discussão idiota que tivera com o amante. Não quis contar que Josué a ameaçara, afirmando que estava grávida de outro homem. Ela tremeu por dentro, não teve coragem de perguntar por que ele afirmava isso com tanta certeza. Teria descoberto que ela tinha um amante? Refugiou-se no choro, o susto tinha sido muito grande. Ele não tinha perguntado, tinha afirmado com todas as letras que ela engravidara de outro homem. Ela não iria confrontá-lo, tentar descobrir se estava apenas blefando. Nada ficava escondido para sempre. Ele poderia ter desconfiado, colocado um profissional para segui-la, descoberto que visitava o mesmo motel duas ou três vezes por semana.

Quando mudaram o local dos encontros, por suspeita de que o porteiro já os conhecesse, talvez tivesse sido tarde. Tinham se esquecido de que amantes distraídos se tornam presas fáceis de qualquer detetive. Tinham sido imprudentes, mas somente perceberam o erro depois de muito tempo. Ficaram muito confiantes, facilitaram demais, deram oportunidades de serem visto juntos. Voltar ao mesmo local de um encontro clandestino é dar chance ao azar. Amantes devem variar, frequentar sempre lugares novos, descobrir esconderijos discretos e até se contentar com encontros improvisados e desconfortáveis. Pode não ser tão romântico, mas certamente é mais seguro.

Cleo não tinha conseguido conversar com Júnior como gostaria, ele tinha se apegado a um detalhe tolo e sem importância, querendo saber como Josué falara com ela. Que importância tinha isso diante do que ela pretendia conversar? Queria compartilhar seus medos, ouvir uma palavra de apoio, saber que não estaria sozinha caso tivesse que enfrentar uma situação de rompimento do casamento. Mas Júnior foi impetuoso, apressado e impaciente. Não ajudara em nada, e ainda a fizera ficar mais nervosa e temerosa.

Ela tinha suas armas, mas uma palavra de encorajamento ajuda muito nessas situações. Júnior fizera o contrário. Além de não acalmá-la, a fizera brigar com ele. Agora ela estava sofrendo por desamparo e por amor. Ele teria que lhe pedir perdão. Não aceitaria um singelo pedido de desculpas, não havia como desculpar sua grosseria, tentando acompanhá-la até a loja. Ou será que ele pretendia discutir com ela na frente das funcionárias? Era difícil acreditar que seu homem estivesse tão desorientado.

Júnior se mostrara totalmente diferente de seu marido,

um homem equilibrado e senhor de suas emoções. Quando afirmou que a gravidez era de outro homem não fizera escândalo, nem aprontara uma cena dramática de homem ferido em sua honra. Por isso ela duvidou, e continuava duvidando, se aquela certeza de Josué tinha vindo de dentro ou era uma coisa ensaiada. Como já tinha aprendido que os seres humanos são totalmente imprevisíveis, e suas atitudes surpreendem até quem convive com eles durante toda uma vida, sabia que nada era impossível. Conhecia histórias de casais que tinham vivido juntos por muitos anos e nunca descobriram que um deles tinha uma vida paralela ao casamento, e esse tipo de comportamento nunca foi exclusividade do homem. Havia também mulheres que mantinham amantes, ela era a confirmação viva do que sempre soubera, embora consciente de que nesse ponto a natureza as favorecia: um homem não consegue fingir que é suficiente para duas mulheres, mas a mulher, sim, nada as impede, pois seu tesão não é tão óbvio.

Perdida nesse emaranhado de pensamentos, não trabalhou mais. Viu o resto do dia se escoar, fechou a loja e foi para casa antevendo um descanso reparador. Já encontrou Josué em casa, como sempre sentado, lendo o jornal do dia. Agiu normalmente: beijou-o e foi para o chuveiro. Queria lavar todas as preocupações e recomeçar vida nova no dia seguinte.

Mas Josué não pensava assim. Queria conversar, voltar ao assunto da gravidez. Perguntou se ele queria jantar, ele respondeu que já comera antes de ela chegar. Ela se esquecera de que havia chegado com fome. Preparou um sanduíche de pão de centeio com uma fatia de queijo. Não era o que queria comer, mas foi o que achou que conseguiria mastigar para saciar o estômago. Abriu um refrigerante, mas nem isso conseguiu beber.

Josué estava perguntando como engravidara. Ora, a vontade que ela sentiu foi de dizer-lhe que engravidara da mesma forma como todas as mulheres engravidam, mas achou melhor segurar a ironia. Não era o caminho mais conveniente. Ela tinha entendido, ele queria saber quando e como saía para se encontrar com o pai da criança. Era uma curiosidade sem sentido, mas já ouvira que muitos homens são assim, querem saber minúcias da traição, sentem um inexplicável prazer em saber detalhes sobre a intimidade do ato. Já se perguntara se essa atitude era uma tara masculina e ou se a mulher também tinha a mesma curiosidade. Não conseguia se imaginar inquirindo o marido sobre esse tipo de detalhes. Para ela, uma traição seria simplesmente uma traição e pronto, estaria explicado. Para que deter-se sobre o dia, a hora, o local e a forma?

Mas era mulher, nunca encontraria uma resposta. Achava que somente os homens conheciam suas razões. Respirou profundamente e engoliu o último pedaço do sanduíche junto com o desejo de ironizar. E respondeu, com um tom neutro, vazio de intenções:

— Não entendi direito o que você realmente deseja saber.

Foi o bastante para que Josué abandonasse sua proverbial serenidade:

— Quero saber onde, quando e com quem você está me traindo.

Cleonice buscou no fundo da alma uma resposta adequada:

— Seria preciso primeiro que houvesse uma traição. Isso nunca aconteceu.

Josué manteve a calma:

— Admitindo que seja verdade, será que consegue me dizer onde a criança que traz no ventre foi concebida?

Os dois sabiam que a conversa se encaminhava para um despenhadeiro. Cleonice pensou depressa:

— Josué, estou muito cansada. Trabalhei o dia todo. Você está irritado, embora consiga se controlar. Quem sabe podemos adiar para outro dia essa conversa desagradável, e para mim completamente sem sentido? — em seguida levantou-se calmamente, dirigindo-se ao quarto.

Josué ficou na sala remoendo sua raiva, mas sem decidir o que faria para impedir a mulher de ir dormir. Sua vida sofrera uma reviravolta inesperada.

18.

Brigas não faziam bem para Júnior. Ele achava que não faziam bem para ninguém, embora algumas pessoas parecessem gostar. Desde que Cleo ficara grávida era a segunda vez que brigavam, fato raro no relacionamento deles, que ele pensava ser secreto, mas não tinha mais tanta certeza. Havia sempre uma sombra a rodeá-lo, não sabia se era a consciência do erro ou a certeza de que não fizera nenhum esforço para evitá-lo. Quem erra sabendo que está errando? Já se fizera essa pergunta muitas vezes, e não encontrara resposta.

No início de seu romance com Cleonice avaliara os riscos, mas seguira em frente, como se o perigo de um envolvimento estivesse muito distante. No íntimo, percebia que estava trilhando um caminho sem volta. Como não se envolver com uma mulher linda, perfumada e oferecida?

Na verdade, uma mulher proibida. A antecipação de se tornar amante de uma mulher casada o excitara fortemente desde o início. Enquanto não conquistasse Cleonice não teria sossego. Ela não cedeu à tentação em um primeiro momento, mas tampouco o desencorajou. A impressão era de que fazia tudo para que ele insistisse nos elogios e na admiração que sentia, quando se encontravam sozinhos. Será que a intimidade teria sido evitada caso houvesse gente trabalhando no mesmo ambiente?

Os dois ficavam longas horas conversando, trocando ideias sobre modelagem, ele mais ouvindo do que falando. Ela era a criadora, a cabeça pensante da fábrica de sapatos femininos, e vez ou outra dava opinião também sobre os masculinos. Ele foi seu primeiro admirador. Elogiava seu trabalho, dizia que ela tinha alma de artista.

Cleonice não se fazia de modesta. Sorria envaidecida, e um dia soltou um comentário malicioso:

— Não é só nisso que sou boa.

Júnior não perdeu a deixa:

— E no que mais?

Cleonice emendou, com um sorriso encantador:

— Sou boa dona de casa, sei cozinhar razoavelmente e até me arrisco a costurar de vez em quando.

Teria sido uma maneira delicada de desencorajar Júnior ou ela queria mais elogios, sem se mostrar muito interessada no resultado da insinuação? Júnior nunca soube a resposta. Quando já eram amantes, lembrou a ela o que haviam conversado naquela ocasião, mas Cleonice desconversou, disse apenas um "não me lembro" e mudou de assunto.

Júnior não sabia por que essas lembranças lhe vinham à memória com tanta insistência; talvez procurasse uma desculpa para o que estava acontecendo. Tinha total consciência de que a situação em que se encontrava envolvia bem mais do que os negócios, a parte mais simples de ser solucionada: envolvia Cleonice e seu casamento com Josué, e o irmão seria sempre uma interrogação na equação de seu romance com a mulher dele. Iria se divorciar simplesmente, deixando o caminho livre para a mulher trilhar um novo relacionamento? E o fruto que ela trazia no ventre? Quem seria o pai?

De novo, veio à mente de Júnior a dúvida que o amargurava desde os primeiros dias após o anúncio da gravidez. Era tão evidente para ele que o mais provável era que Josué fosse o pai que nem gostava de pensar no assunto. Quando o relacionamento com Cleonice estava em fase de calmaria, não se lembrava de nada. Era como se fosse natural que ela estivesse grávida dele. Mas, nos momentos de reflexão, a dúvida se aninhava em sua mente perturbada.

Os momentos de amor entre os dois eram muito intensos, e nunca tinham se preocupado em evitar filhos, o assunto nunca era mencionado. Ele nunca pensou que ela pudesse não tomar anticoncepcional, como toda mulher moderna. Soube depois que ela sonhava ser mãe, e não teve coragem de usar preservativo, com receio de magoá-la. Admitia que este gesto era fora de moda, mas lhe faltara coragem para conversar com a amante sobre um assunto que considerava delicado, e agora se penitenciava. Tarde demais. Diante da situação em que se encontrava, via claramente o quanto fora ingênuo e fora de sintonia com a vida moderna. Seu erro não tinha conserto e o desfecho seria imprevisível, pois não dependeria somente deles. Doravante os dois seriam joguetes das circunstâncias, especialmente da vontade de Josué.

Júnior não se colocaria como vítima. Jamais teria coragem de repelir qualquer atitude de seu irmão, a quem respeitava. Só lhe restaria baixar a cabeça no dia em que ele soubesse da traição. Estava envergonhado de sua fraqueza diante do apelo sensual de Cleonice, mas não podia censurá-la tampouco, apesar de ela ter cometido a mesma imprudência. Os dois haviam errado. Os dois teriam que arcar com as consequências. Mas ele pretendia poupá-la no que fosse possível.

Perguntava-se amiúde quem tinha iniciado o jogo de sedução, mas agora isso já não importava. Procurava um culpado, mas não tinha coragem de olhar-se no espelho. Agora, quando rolavam na cama depois de um embate de amor, exaustos, cada um para seu lado, Júnior ficava pensando se tudo afinal valera a pena: minutos de prazer, roubados em encontros fugazes no meio da tarde, que infligiriam sofrimento e decepção em pessoas inocentes. Quem iria sofrer mais? Josué ou Balbina? Ou ambos entrariam em desespero?

Havia ainda sua irmã Luciana, a criança que ia nascer e os amigos em comum. Júnior não sabia se conseguiria encarar seus funcionários quando eles soubessem do romance dos dois. As críticas seriam severas:

— Não respeitou nem o irmão. Imagine! O que ele teria

aprontado com a gente? Esse cara nunca foi confiável. Nem ela, uma desmiolada. Não tenho mais coragem de ficar de costas para esses dois.

Os possíveis comentários fervilhavam em sua cabeça. Imaginava outros ainda, mais escabrosos, ofensivos, mas inteiramente verdadeiros. Não tinha coragem de repartir seus medos com Cleonice. Ela nunca entenderia que não eram apenas fantasia. O julgamento e a condenação das pessoas aos tropeços alheios são duros, mais rigorosos do que os das leis. A brandura da repreensão legal era um prêmio, se comparada ao repúdio da sociedade. Ninguém se coloca no lugar dos "pecadores", como são denominados os que trilham os atalhos da traição. Não se esquivam de apedrejar, mesmo se tudo não passar de suspeitas.

A certeza da inocência até poderia desmentir o malfeito, mas ninguém se arrependeria de haver injustiçado um inocente. Não haveria pedido de desculpas nem reconhecimento de que haviam errado. A justiça das pessoas é emocional, deixam a racionalidade para os advogados. E isso o amedrontava. Teria de expiar sua culpa. Havia amor entre eles, mas não se sentia inocente. Seriam amor e sexo faces de uma mesma moeda? Um sobrevive sem o outro ou morrem de inanição à ausência de um deles? Queria obter uma resposta, nem que fosse um arremedo de explicação. Sua vida se transformara numa tormenta sem fim.

Queria ver Cleonice, tê-la em seus braços, beijar sua boca para afastar tantas dúvidas. Pegou o telefone e discou para o celular. Ouviu a mensagem eletrônica: "Após o sinal grave sua mensagem".

19.

Cleonice rolou na cama até que o dia começou a clarear. Viu quando o marido entrou e se ajeitou em silêncio ao seu lado. Não se mexeu. Não queria reiniciar a conversa. Já lhe bastava o desconforto de mascarar as respostas, evitar o que ele queria saber. Nunca poderia pronunciar o nome do amante.

Josué não era homem de planejar suas atitudes. O marido sempre lhe pareceu impulsivo, gostava de soluções imediatas, não ponderava antes de agir. Ou estaria enganada? Será que o medo que se apossara de seu corpo estava influenciando seu raciocínio? Desde muito jovem desenvolvera uma capacidade enorme de analisar as possibilidades de vários ângulos. Aprendera com as dificuldades da infância pobre de menina numa cidade do interior. Terceira filha de um casal de pequenos comerciantes, presenciara as preocupações do dia a dia de quem trabalha oito a dez horas atrás de um balcão.

Quando vendiam a prazo, costume antigo no interior, não havia certeza de que receberiam. Os compradores eram pobres em sua maioria. Viam os comerciantes como abastados, acreditavam que não lhes faria falta se deixassem de pagar. Ao se aproximar o final do mês, com os compromissos estourando no banco, seu pai corria atrás dos devedores. Quando conseguia receber, voltava mais animado, mostrava para a mulher o resultado de um dia cansativo. Ela e as irmãs ficavam aliviadas por verem os pais mais tranquilos.

A cidade grande a atraía, as vitrines iluminadas a fascinavam. Um dia seria uma comerciante de sucesso, mas na capital. Buscaria os pais e lhes daria conforto.

Não chegou a realizar o que planejara. Eles se foram num assalto à mão armada. Seu pai reagiu quando o bandido tirou a féria do dia da caixa registradora. Avançou para ele e recebeu dois tiros no peito. A mãe foi morta para não testemunhar o crime.

As duas irmãs foram criadas por uma prima de sua mãe. Não tinha notícias delas. Elas nunca se interessaram em procurá-la e ela as esqueceu. Percalços da vida de cada um, ou destino, nunca quis saber. Conformou-se. Veio viver na cidade com seu tio, irmão de seu pai, também comerciante, mas vitorioso na profissão. A tia não gostou de sua presença e logo deu um jeito para que fosse estudar na capital, pagaram os estudos e uma vaga de pensão.

Cleonice se formou e voltou para a casa dos tios, mas por pouco tempo. Tinha começado a namorar Josué. Voltou à pensão. Josué não permitiu que fosse trabalhar com ele. Decidiram se casar, o que ela aceitou como solução. Não o amava, mas ele não a desagradava. Era bem apessoado, isso era o bastante. Com o tempo, a mulher aprende a amar.

Não era bem assim, descobriu depois. Havia em sua vida de casada um vazio que não conseguia identificar. A relação amorosa com seu marido não a desagradava. Cedia ao desejo dele, mas não se lembrava de nenhuma iniciativa de sua parte. Ceder era fácil, mas não a satisfazia. Havia uma interrogação no relacionamento. Experimentava uma excitação morna, suficiente para ficar úmida e esperar que Josué despejasse seu sêmen; para ela, era o que toda mulher sentia. Quando ouvia as amigas relatarem suas experiências, não ficava alheia, mas achava que exageravam.

Iniciara-se sexualmente com o marido, um homem tímido e de pouca imaginação. Não tinha certeza se lembrava isso para desculpar o próprio erro ou porque precisava aliviar a pressão. A briga com Júnior era a gota d'água do seu descontrole. Será que estava perdendo sua autoconfiança, cultivada cuidadosamente desde que ficara sozinha no mundo? Estava fraquejando diante do primeiro obstáculo, e isso ela não podia admitir. Problemas são para ser enfrentados, não deixados de lado à espera de uma solução milagrosa. Milagres não existem, mesmo para quem acredita que a providência divina está atenta às orações e barganhas apressadas, fundadas em promessas.

Se promessa valesse, os devotos seriam bem-afortunados sobre a terra, ninguém teria problemas nem seria infeliz. A vida que você leva é a que você constrói, e a única coisa em que ela acreditava era na morte, que era inevitável. A vida nada mais era do que um intervalo que a morte proporcionava, mais ou menos longo, com o compromisso de voltar quando fosse chamada. Por isso apreciava cada instante de sua vida, sem fazer concessões além das que já fizera quando desconhecia o quanto era passageira.

Descobrira a tempo. Era jovem, e ainda lhe restava um longo período para fazer o que pretendia. Convencida dessas verdades, Cleo se tornara obstinada, firme em suas convicções. Não deixaria de ser feliz porque conceitos de moral e bons costumes a impediam. Sua vontade prevaleceria, acima de quaisquer convenções.

Pulou da cama junto com o marido. Esperou que ele saísse e telefonou para o amante:

— Não queria ter brigado com você, mas você me irritou, não respeitou meu mau momento. Não estou mais zangada, estou com saudades.

Júnior, mal recuperado do mal-estar de uma noite mal-dormida, se aprontou depressa e foi tomar café da manhã com sua amada. Antes ela passou na loja, verificou se estava tudo bem, disse que tinha um compromisso. Não queria ir para o motel. Precisava respirar ar puro, ver um lugar diferente.

— Quero colorir minha vida de verde — pediu ao amante.

Rumaram para os arredores da cidade de Nova Lima, uma região coalhada de condomínios cercados de verde. As portarias vedavam a entrada aos não residentes, explicou um porteiro educado. Rodaram por estradas estreitas sem movimento e passaram por pousadas quietas, escondidas entre as árvores. Cleonice estava encantada. Pela primeira vez saíam para passear, como se fossem namorados, amantes descompromissados, ou até marido e mulher. Como era relaxante poder apreciar a paisagem sem receio de olhares indiscretos!

Havia poucos carros, ninguém parecia se incomodar com eles. Ficaram passeando por toda a manhã. Quando sentiram fome, ficaram sem saber se entravam num restaurante ou iam para a segurança de um motel. As paredes impessoais do quarto a sufocariam, disse ao Júnior. Mas ele não se atrevia a se expor com Cleo. Desceu sozinho no Ponto Verde e comprou sanduíches e refrigerantes. Comeram no estacionamento.

Cleonice quis voltar ao trabalho. Tinha muita coisa para fazer. Teria que visitar as lojas da Savassi e do centro. Júnior não a contrariou. Queria conversar em segurança, dentro de um motel, mas não se arriscou a pedir. Deixou-a no shopping e foi para a fábrica.

Quando entrou na loja, Cleonice quase desmaiou de susto. Josué a aguardava. Foi direto falar com ele, com receio de que não conseguisse articular um bom-dia, ou sequer um "oi", um "olá". Beijou o marido no rosto. As vendedoras olhavam curiosas, pois nunca tinham visto aquele homem na loja. Sabiam que ela era casada, mas nunca poderiam imaginar seu marido como um homem tão sério.

Josué chegara e perguntara por Cleonice, mas não se identificara como marido, irmão, ou Fiscal de Renda ou do Trabalho. Sem dar um sorriso nem demonstrar qualquer tipo de afeto, Josué foi direto, à sua maneira:

— Vim te pegar para almoçar.

Não esperou por resposta. Foi saindo, enquanto Cleonice, mal refeita do susto, balbuciou para as funcionárias:

— É meu marido. Volto daqui a pouco.

Foi alcançar Josué quando ele cruzava a porta em direção à praça de alimentação. Uma raiva incontida foi tomando conta de seu corpo, sua mente, seus nervos. O marido era um grosso, sua vontade era esganá-lo na frente das funcionárias. Mas lembrou-se de que acabara de chegar de um passeio com o amante e procurou se acalmar, seguindo-o- docilmente até a praça de alimentação.

Durante o almoço não trocaram palavra. O comportamento de Josué a irritava. Se ele veio até à loja para vê-la ou para almoçarem juntos, por que o silêncio? Estava desassossegada. Tinha vontade de perguntar, mas a prudência e o instinto lhe diziam para esperar. Por que viera, a que horas chegara e o que queria?

Josué continuava emburrado. Cleonice já não conseguia distinguir se ele estava irritado ou se era assim mesmo o tempo todo e ela já se acostumara. O dia a dia a fizera se esquecer de olhar o rosto do marido, e ele não se preocupava com isso, porque ela fazia parte da paisagem da casa, ou ao menos era a impressão que passava, com seu ar distante e desinteressado.

Cleonice se perguntava se não o escolhera exatamente por isso: o marido era ausente, indiferente a tudo que o rodeava e pouco interessado no que ela pensava, fazia ou pretendia fazer. Seria apenas um homem discreto? Ou agia assim para disfarçar o observador minucioso que se escondia atrás de um falso alheamento? Era uma boa pergunta, e ela gostaria de saber. Só depois de anos de casados é que ele se interessara por sua vida, seus passos e seus segredos; não perguntara o nome do homem, mas queria saber como, quando e onde ela engravidara. Isso bastaria para que descobrisse quem era o pai?

Ela não desprezava a inteligência do marido. Homens calados são capazes de surpreender, e com Josué não seria diferente. Começou a temer por Júnior. Não se preocupava consigo mesma, pois o que lhe acontecesse se estenderia ao bebê. Josué, finalmente, rompeu o silêncio:

— Você quer mais alguma coisa ou posso pedir a conta?

Ela não respondeu. Saíram em silêncio, ele não se despediu e tomou a direção do estacionamento. Ela respirou profundamente e voltou para a loja.

— Meu marido tinha chegado há muito tempo? — perguntou.

A gerente se adiantou:

— Logo que você saiu ele chegou. Como eu não sabia aonde você tinha ido, nem se iria demorar, ofereci água e café, mas ele recusou. Não imaginei que fosse seu marido, desculpe.

Cleonice acalmou a gerente com um chocho "tudo bem" e se trancou no escritório, no fundo da loja. Precisava ficar sozinha. Quando conseguisse se acalmar, ligaria para o amante.

20.

Bento ficou olhando a namorada por longo tempo. Nunca pensou que no entardecer da vida fosse se interessar por outra mulher. Depois que ficara viúvo pensara que sua vida tinha acabado com a morte da companheira de quase trinta anos.

Os últimos cinco foram de sofrimento. Acompanhou a evolução do câncer, que se espalhara pelos ossos. Fora criado dentro de rígidos padrões de religiosidade e se apegou a Deus. Queria que sua mulher ficasse boa para que pudessem terminar seus dias juntos. Quando ela finalmente fechou os olhos, estava exausto. Sentiu um estranho e inesperado alívio quando deixou o cemitério.

Os filhos retornaram para suas casas e afazeres. Ele entendeu que tinha de ser assim. Tinham uma vida pela frente e não podiam se dedicar a ele. Pensou em fechar a casa e ir morar na fazenda. Felizmente, desistiu a tempo. Gostava de sua casa, embora nos últimos anos ficasse sempre vazia. Quando a mulher ainda era viva, não havia clima para receber amigos e comemorar datas festivas, e foram ficando isolados. E agora, como refazer sua vida?

Aventurava-se nos bares próximos, mas por falta de traquejo e sendo pouco afeito a bebidas, voltava logo para casa. Assistia televisão e os noticiários. Passou a ler o jornal diário. Foi visitar cinemas novos e assistiu filmes velhos. Os filmes recentes o aborreciam, saía no meio da exibição.

Começou a conversar com a única pessoa que parecia

disposta a ouvi-lo. Luciana se mostrou atenciosa, e depois interessada em saber detalhes de seu cotidiano. Assim começou o namoro. Não havia de sua parte outra intenção a não ser ter alguém para escutá-lo. Estava vazio de sentimentos, pensou que os havia enterrado junto com a mulher.

Quando Luciana aceitou seu convite para jantar, descobriu uma chama apagada que começava a emitir calor. Tocou o braço dela delicadamente:

— Ei, já chegamos. Acorda.

Luciana não sentira o tempo passar. Espreguiçou-se, sorriu e olhou em volta. Haviam chegado ao hotel-fazenda para passar o fim de semana juntos. Era o primeiro passeio do casal. Já haviam se encontrado no motel para descobrir que se desejavam com ardor, mas era a primeira vez que dormiriam na mesma cama e passariam o fim de semana fora de Belo Horizonte, sem que ela tivesse que se preocupar em voltar para casa para ver a mãe. Estava precisando desse descanso.

Desde que assumira novas responsabilidades na fábrica não sobrava tempo para ir até a oficina. O destino provável da Passo a Passo seria a desativação. Custava-lhe muito desapegar-se da oficina, que fora a semente de tudo. Já conversara com Júnior sobre o assunto, mas nada ficara decidido.

Bento ajudou a tirar as malas do carro e foram até a recepção. Luciana estava curiosa com tudo, era a primeira vez que fazia esse tipo de passeio. Já viajara para a praia com o irmão, mas a mãe tornara tudo tão sem cor que nem aproveitara, isso, há muito tempo, antes de Júnior montar a fábrica e mergulhar no trabalho com afinco. Ela nunca se arriscara a viajar sozinha com a mãe, e depois que Balbina começou com suas doenças, reais e imaginárias, desistiu de vez.

O hotel-fazenda fora escolha dele. Havia uma piscina que brilhava ao sol, convidando-a para um mergulho. Luciana olhou para Bento com um convite no olhar. Ele entendeu:

— Vamos conhecer o quarto e descemos para a piscina.

Não havia muitos hóspedes à vista. Bento ficou imaginando se estariam sozinhos.

— Os hóspedes estão descansando após o almoço, mas daqui a pouco aparecem para um banho de piscina antes do jantar — explicou a recepcionista.

A piscina parecia ser somente dos dois. Luciana brincava como se fosse ainda uma criança, e Bento a observava encantado. Estava cada vez mais apegado à namorada. Remoçara, desde que começaram a sair. Renovara o guarda-roupa, comprara tênis coloridos e nos fins de semana andava de bermudas. Vestia-se com apuro, mas sem exageros. A pedido de Luciana, raspou o bigode, que lhe dava uma aparência de mais velho. Olhou-se no espelho e aprovou o novo rosto. Reservou a caminhonete somente para ir para a fazenda. Comprou um carro novo, mas discreto. Não queria andar de carro esportivo e parecer ridículo. Luciana aprovava ou desaprovava, os dois se entendiam.

Quando os hóspedes começaram a descer, foram para o quarto. Queriam descansar um pouco antes do jantar. Depois do banho fizeram amor e se aprontaram. Desceram e ficaram bebendo vinho, até que começou o jantar. O dia seguinte, um domingo ensolarado, foi aproveitado com passeios até o lago e pelo bosque que circundava o hotel. Queriam sossego, ouvir apenas a voz um do outro. No fim do dia Bento a beijou demoradamente e a pediu em casamento.

— Você ainda nem conheceu a minha mãe — ponderou Luciana.

— Não encontrei porque você nunca permitiu, mas Júnior já aprovou nosso namoro, você me disse.

Bento estava certo. Ela é que se descuidara desse detalhe, mas estava tão desgastada com Balbina que quis retardar o encontro o máximo possível. No fundo, temia a reação da mãe, que estava cada vez mais implicante. *Para que se aborrecer antes do tempo*, ela pensou.

Voltaram para a cidade quando anoiteceu. Bento queria que ela dormisse em sua casa, mas Luciana preferiu ir ver a mãe. Não lhe dissera que ia viajar, pedira ao irmão para se incumbir da tarefa. Não queria dar satisfação de sua vida, mas não achava correto deixá-la preocupada. Viviam às turras, mas isso se devia ao cansaço, não à falta de amor. Continuava cuidando da mãe com dedicação, mas deixara de lado o hábito de ficar ouvindo as lamúrias dela sobre a vida.

Balbina era dada a pintar suas memórias com tintas escuras. Falava do passado como se tivesse sido a mais infeliz das mulheres, dizia que o marido a anulara desde cedo, e que seu tempo fora todo dedicado a cuidar da casa e dos filhos. Um dia Luciana lhe perguntou por que depois da morte de Baltazar ela não aproveitara a liberdade para se desvencilhar das amarras. A mãe não respondeu, baixou a cabeça e fingiu que não tinha escutado.

Ultimamente usava esse artifício: fingia que estava ficando surda, mas apenas para os assuntos que não lhe interessavam. Quando se tratava de um mexerico ela ouvia com facilidade e dava opinião. Luciana já conhecia as manhas da mãe, e não a provocava. Era uma maneira de conviver melhor.

Quando chegou em casa, estava exausta. Bento a deixou na porta do prédio. Antes, perguntou se podia subir para contar para Balbina que a pedira em casamento, gostaria que ela aprovasse. Mas Luciana negou:

— Hoje não. Deixa eu fazer do meu jeito. Eu te falo quando você pode vir.

Quando entrou, a mãe estava acordada. Olhou o relógio: eram onze da noite.

— Ainda acordada, mãe?

Balbina foi cautelosa:

— Estava esperando você chegar.

Luciana respondeu com cinismo:

— Tudo bem, já cheguei. Estou aqui, inteira e feliz.

— Que você está feliz estou vendo, mas se está inteira, só você deve saber — Balbina cutucou. Levantou-se com mais dificuldade do que parecia sentir e foi para a sala.

Luciana sentou no sofá e respirou profundamente. Não ia estragar sua alegria só porque a mãe continuava infeliz. Já passara dos trinta e a mãe ainda achava que era virgem. Ou ela se fazia de idiota ou fingia muito bem, ou ambas as coisas. Teria que lhe dar a notícia, até já pensara em jogar tudo para o alto e ir simplesmente viver com Bento. Não lhe importava muito essa questão de casamento, vestido branco, véu e igreja. Deixara esses sonhos para trás. Felizmente, porque no mundo de hoje achava um atraso de vida manter essa mentira de castidade, reforçada por uma cerimônia a que todos compareciam, a maioria de má vontade, para dar satisfação à sociedade. Que moça casava virgem atualmente?

Os costumes tinham mudado, mas a tradição religiosa ainda impunha a cerimônia às famílias, o que dava muito lucro para a igreja e oferecia aos pecadores o perdão de culpas inconfessáveis. Se o sacramento tornasse as uniões mais duradouras não haveria divórcio. Ela iria se casar com Bento de alguma forma, nem que fosse para satisfazê-lo e restaurar sua fé, abalada pela perda da mulher. Tinham conversado sobre o assunto porque ele insistiu. Ela mesma não queria fantasmas rondando sua união.

Não havia perda irreparável, conseguiu perceber. A prolongada doença e o sofrimento da mulher o tinham abalado, ficara com um trauma espiritual, pois no início chegara a acreditar que através da oração reverteria o quadro e conseguiria a cura — a fé em excesso faz tanto mal quanto a sua ausência, por falta de alguma coisa a que se apegar.

Bento já se refizera da dor do desenlace e estava revigorado, pronto para reiniciar uma nova vida; ela estava inteiramente convencida de sua sinceridade, e tinha aceitado o pedido de casamento. Queria ser mulher dele e ter filhos, se fosse possível. Ele não se empolgara com a ideia de filhos, mas não a rejeitara. Ela procurou entender seu receio de não poder ver os filhos encaminhados na vida. Era um bom pai, e queria continuar sendo. Isso não a incomodou, pois demonstrava seu bom caráter, qualidade que ela sempre admirou nas pessoas. Encontrara seu homem.

Resolveu ir dormir. No dia seguinte teria que passar na oficina e depois ir para a fábrica, de onde só conseguiria sair depois das seis da tarde. Nunca pensou que o trabalho na indústria fosse tão cansativo, mas trabalhava satisfeita. Júnior dera--lhe participação societária, então trabalhava para si mesma; um dia, embora ainda fosse um sonho distante, compraria seu apartamento. Sabia que não precisava, a casa de sua mãe era também sua, mas isso não a satisfazia inteiramente. Queria ter seu próprio canto, nem que fosse para alugar ou depois vender.

Quando passou pelo corredor, viu pela fresta que havia luz no quarto de Balbina. Ela estava deitada, mas fazia pirraça para que a filha ficasse preocupada, viesse perguntar se precisava de alguma coisa e se estava bem.

Luciana não bateu. Passou direto e foi descansar. Chegara ao seu limite.

21.

Cleonice ficou profundamente abalada com a visita inesperada do marido a sua loja no início do expediente. As atitudes de
Josué estavam se tornando cada vez mais ameaçadoras. Ligou
para o amante. Júnior atendeu ao primeiro toque. Relatou o que
ocorrera, mas não entrou em detalhes, embora Júnior insistisse,
querendo saber o que os dois tinham conversado durante o almoço. Cleonice perdeu a paciência:

— Júnior, isso não é assunto para ser falado por telefone. Pode parecer mentira, mas não conversamos absolutamente
nada, você conhece seu irmão, não vai duvidar de mim — desligou suavemente, não queria dar motivo para briga. O problema era dela, e somente ela poderia contornar a situação. Mulher
sabe quando deve mentir, falar a verdade ou ficar calada.

Um plano já se instalara em sua mente, precisava apenas elaborar os detalhes para colocá-lo em prática, preparar o
terreno, conseguir aliados. Telefonou para Luciana. A cunhada
se mostrou surpresa, não era habitual Cleonice ligar durante o
expediente. Cleo começou casual, quis saber como ela estava na
nova função, se estava gostando, se precisasse de alguma coisa
podia contar com ela. Luciana agradeceu, ficou lisonjeada com
a atenção. Perguntou se as mercadorias que enviara tinham chegado bem embaladas, pois nem sempre podia conferir pessoal-
mente, tinha contratado uma auxiliar para embalar os pares de
sapatos e acondicioná-los em papel de seda dentro das caixas.
Havia sempre a possibilidade de um esquecimento, e até de ano-

tar o tamanho dos sapatos em desacordo com o par dentro da caixa.

Cleonice disse que estava tudo bem, sua gerente não encontrara nada errado. Conhecera Bento na porta da fábrica, queria saber sobre o namoro. Luciana dividiu com ela a novidade que, por enquanto, devia ficar em segredo, pois ainda não comunicara nada à mãe. Cleonice aproveitou para perguntar como Balbina estava passando. Luciana desfiou um rosário de desentendimentos entre as duas, mas disse que continuava firme, dando toda a assistência que a mãe precisava e a que tinha direito. Cleonice disse que já conhecia suas dificuldades por intermédio de Júnior, e que ele sempre ressaltava a paciência dela com as manhas da mãe. Perguntou se seria conveniente ir vê-la, pois depois que Josué deixara de frequentar os almoços de domingo, não a vira mais.

Luciana entendeu a insinuação de Cleonice para que a convidasse. Disse para a cunhada que ela era bem-vinda à casa da mãe, mesmo que Josué não quisesse acompanhá-la.

— Você faz parte da família — acrescentou, para reforçar o convite e parecer que partira dela.

Cleonice perguntou qual o melhor dia e horário, desde que fosse após o expediente da fábrica. Não queria interferir na rotina da casa nem atrapalhar qualquer plano dela e de Bento. Combinaram que bastava telefonar e marcar, na sexta-feira seguinte seria o ideal, Luciana geralmente reservava esse dia para se preparar para o fim de semana com o namorado. Cleonice desligou logo em seguida, e ficou meditando sobre o passo seguinte: enfrentar o marido quando chegasse em casa. Sorriu, antecipando o sucesso do que planejara. Jogara os primeiros dados sobre o tabuleiro.

O dia escorreu devagar, teimava em não querer terminar. Queria ir para casa e enfrentar logo a discussão azeda com o marido, passou a tarde inteira refreando a vontade de ligar de novo para o amante para contar-lhe os detalhes da visita inesperada de Josué. Sabia que desabafar com Júnior não adiantaria nada, iria talvez e provavelmente piorar seu estado de ânimo.

Calculou que Josué chegaria em casa pelas sete, sete e meia. O escritório de contabilidade encerrava o expediente às seis da tarde, mas ele ficava no escritório por cerca de uma hora. Esperava o trânsito escoar, dizia, pois era a única coisa que conseguia estressá-lo.

Ela chegou antes dele. Tomou uma ducha prolongada para relaxar das tensões do dia. Queria estar preparada para a tempestade que esperava, acompanhada de relâmpagos e trovoada. Enquanto se vestia, ouviu o trinco da porta e os passos silenciosos do marido. Ele pisava suave, quem não estivesse atento não perceberia que estava se aproximando. Entrou no quarto já com o paletó na mão, a gravata frouxa e o ar cansado. Beijou-a no rosto, gesto raro desde que se casaram.

Ficaram ambos em silêncio. Ela não fez nenhum comentário sobre o dia nem perguntou como tinha sido o dia dele. Ele não se importou, era como se fosse seu comportamento habitual. Quebrando a rotina, não foi para o chuveiro. Foi ao bar da sala e se serviu de uma generosa dose de uísque. Acomodou-se na poltrona favorita e lhe perguntou se já havia jantado. Não esperou resposta, foi até a copa e esperou que ela o seguisse. Comeram uma refeição leve e ele voltou à poltrona em frente da TV, de onde só saiu para tomar banho e ir dormir.

Cleonice não se conformou com o silêncio do marido. Havia se preparado emocionalmente para uma discussão infindável, desagradável e desgastante, que não levaria a nada, mas Josué foi dormir quieto. Ficou insone até alta madrugada, e uma noite maldormida acabava com seus nervos. Quando acordou, não viu o marido, que era rígido com o horário de sair pra o escritório. Devia estar aliviada com a calmaria, mas, ao contrário, estava irrequieta. O que planejava o marido? Se queria fazer guerra de nervos, atingira seu objetivo. Ela estava insegura, temerosa e infantilmente assustada.

Não conseguiu se controlar. Contrariou o hábito de nunca ligar de casa para o amante, que quis saber detalhes. Ela não tinha como explicar, contou exatamente o que acontecera. Perguntou a opinião dele, mas não teve paciência de ficar ouvindo a lenga-lenga de Júnior, tentando dizer-lhe aquilo que ela já sabia de cor e salteado: o marido não tinha um comportamento previsível. Não queria ouvir sobre a infância dos dois nem sobre Balbina paparicando Josué, até as pedras da rua já sabiam disso. Interrompeu o amante:

— Júnior, eu telefonei para pedir uma orientação, não para ouvir explicações sobre as esquisitices de Josué — desligou em seguida e foi para o trabalho, onde esperava encontrar distração para vencer um dia inteiro de expectativa.

Mas os dias e as noites permaneceram inalterados, nem ela nem o marido tocavam no assunto do desencontro na loja. Na sexta-feira, como havia combinado com Luciana, se aprontou antes da chegada de Josué e deixou um bilhete curto, avisando que fora visitar a sogra — "sogra" lhe parecia um termo pesado, quase um insulto, preferia chamá-la de Balbina ou então "mãe do meu marido", mas nada disso modificava o fato de sua sogra ser uma megera que fora grosseira e mal-educada na última vez em que a vira. Cleonice tinha sufocado o orgulho para se convidar a visitá-la, e felizmente Luciana tinha sido compreensiva e entendido sua intenção, sem perguntar por quê. Gostava da cunhada, que era discreta e amorosa e ainda cuidava da mãe, o que devia custar-lhe muito sacrifício e paciência. Era o "carma" dela, como explicavam os espíritas.

Luciana a esperava com um sorriso encorajador. Cleonice foi cumprimentar Balbina, mas não teve coragem de beijá--la no rosto. Balbina continuava com a mesma fisionomia, carregada de eterna insatisfação, mas Cleo não deu importância, tinha preocupações mais urgentes do que angariar a simpatia da megera. No momento, seu objetivo principal era ser o elo de reaproximação entre seu marido e a mãe. Mesmo que não admitisse, Balbina haveria de tornar-se sua aliada, era o que ela esperava. Qual mãe não ficaria comovida se uma pessoa a aproximasse do filho querido, mas desgarrado? Com Balbina não seria diferente.

Cleo não colocaria nisso todas as suas fichas, mas, entre esperar um desastre e tentar alguma coisa, preferiu enfrentar o desprazer de rever a sogra. O peso do ambiente foi amenizado pela falação de Luciana, que não escondeu seu prazer com a visita. Balbina acompanhava a conversa sem grande interesse, mas mudou de atitude ao ouvir o nome de Josué. Cleonice, sem que lhe perguntassem, disse que saíra antes de ele chegar, mas que no domingo faria questão de trazê-lo para o almoço.

— Ele está bem? Ficou feliz com a sua gravidez? — a voz de Balbina soou roca, mas dava para notar que gostaria de ouvir mais sobre o filho.

Cleonice não descartou a oportunidade. Falou que o marido caladão era um homem amoroso, e ela uma mulher feliz e realizada, pois ele fazia suas vontades e a incentivava em tudo. Ter um marido como Josué era um sonho que tinha realizado.

Balbina não perdia uma palavra de Cleonice. A cada elogio que ouvia, esboçava um sorriso discreto de satisfação. Retrucou:

— Meu filho é único. Você foi sortuda.

Luciana rebateu:

— Para mamãe só existe um filho. Os outros devem ter sido achados por aí.

Balbina fez de conta que não ouvira. Estava mais interessada em Cleonice, que não poupava elogios ao marido. Balbina levantou-se e acendeu as luzes da sala. Chamou a empregada e pediu que servisse o lanche. Atendendo a um gesto de Balbina, Cleonice sentou-se ao lado da dona da casa, o que nunca fizera. Durante o lanche a sogra perguntou se já sabiam o sexo da criança. Cleonice disse que dentro de alguns dias faria o exame, telefonaria para ela assim que soubesse. Pela primeira vez Balbina sorriu, agradecendo a deferência.

Cleonice saiu após o lanche, beijou a sogra e se despediu de Luciana na porta do elevador. Quando chegou em casa, já encontrou Josué com o copo na mão, hábito que cultivava: duas doses de uísque todos os dias, sem gelo, antes de lanchar. Cleonice sentou-se com ele e contou que Balbina os esperava para o almoço de domingo. Josué rompeu o silêncio:

— Por que isso agora?

Cleonice foi sucinta:

— Família precisa viver unida. Sua mãe já está ficando velha, e ninguém sabe quanto tempo mais ela vai viver. Espero que considere isso e não se negue a me acompanhar.

Josué agiu como ela esperava: não disse sim nem não. E isso significava que iriam. Se ele não fosse, ela iria sozinha e inventaria uma desculpa qualquer. Cleonice já não estava tão ansiosa quanto à briga que tanto a angustiara. Josué parecia ter--se esquecido, ou então aguardava um momento propício para pegá-la desprevenida e perguntar o que queria. Ele era imprevisível na maioria das vezes, mas depois de muitos anos de casada já conseguia antecipar os métodos do marido, prever algumas de suas reações. Se não fizera um estardalhaço na loja não seria depois que iria armar um circo, a teria inquirido na hora, na frente das funcionárias. Quando queria saber alguma coisa ele não se intimidava com a presença de estranhos. Ou teria pensado melhor e decidira não se expor?

Cleonice tinha uma arma, um segredo dele que prometera nunca revelar. Soubera por acaso, logo depois do casamento. Tinham recebido um presente caríssimo, mesmo sem ter enviado convites nem comunicado que se casariam. A cerimônia foi realizada sem a presença de nenhum parente, nem dele nem dela, apenas um funcionário do escritório convidado para testemunhar, a quem nunca mais vira. Ela quis saber de quem era o presente. Havia um cartão, uma assinatura tremida. Ele respondeu que se tratava de um cliente. Ela não acreditou, e depois procurou o cartão amassado na cesta de papéis. Conseguiu ler o nome com dificuldade: "Marlos Cavalcanti". Acima da assinatura havia um garrancho que conseguiu decifrar: "De seu pai".

Ficou sem entender, até que um advogado telefonou para sua casa perguntando por Josué e ela atendeu.

— Posso dar o recado — disse ao advogado, se identificando como sua mulher.

Josué deveria comparecer ao escritório para ouvir o testamento do pai, Dr. Marlos Paranhos Cavalcanti. Seu marido era o filho que Balbina tivera fora do casamento, um segredo que deveria ficar guardado para sempre, ela jurara solenemente. Quando ficou temerosa de uma atitude mais drástica do marido, resolveu que usaria essa arma. Josué sabia que teria muito a perder. O dinheiro colocado à disposição dela para a compra dos pontos comerciais era sua maneira de manter oculta tanto a paternidade quanto a grande herança que o pai lhe deixara.

O médico não tivera filhos com sua mulher, que era estéril, e se contentara com o fruto da relação com Balbina, sua paciente. Preocupado em preservar o patrimônio para o filho, reconhecera a paternidade e garantira por testamento os direitos do herdeiro. Cleonice imaginou que seria uma forma de recompensar Josué pela ausência de afeto, e o marido não tocou mais no assunto. Nunca soube quanto ele recebeu, mas cogitou que devia ser uma quantia enorme, e teve certeza quando ele pagou pelos pontos comerciais. Nunca soube tampouco se recebera outros bens valiosos. Devia ser muito mais do que ela poderia imaginar, pela fartura, o conforto, as viagens e carros caros de que passaram a usufruir.

Josué já não ligava para o escritório e ela esbanjava sem limites. Não seria por causa de uma aventura que abriria mão de seu bem-estar. Amava Júnior de verdade, e seu instinto dizia que a criança era dele. As relações íntimas com Josué haviam cessado; não partiria dela qualquer iniciativa, mas não se negaria caso ele a procurasse.

O sexo entre eles seria como sempre fora: suportável, mas sem paixão. Não se lembrava de ter um tido um orgasmo com o marido, ele sempre terminava primeiro e ia dormir. Somente quando iniciou o romance com Júnior descobriu a plenitude do prazer. Achava que seria apenas um namoro temporário, sem maiores envolvimentos, mas foi descobrindo que o carinho recíproco era parte importante em um relacionamento. Passou a amar Júnior e a retribuir seus carinhos sem reserva. Ele disse que já a amava desde que a conhecera, e o encontro dos dois servira para consolidar seus sentimentos. As rusgas eram esquecidas ao primeiro beijo, sempre reatavam com desejo renovado. Estava feliz. *O que mais poderia desejar, depois da infância que tivera?* — ela se perguntava, nos momentos de solidão.

No dia seguinte, telefonou para Júnior. Saberia nessa semana o sexo da criança, ele queria acompanhá-la ao médico. Disse que não. Josué iria com ela.

22.

À noite Júnior foi ver a mãe. Chegou logo depois que Cleonice saíra, contou-lhe a irmã. Disfarçou o despontamento. Estava com saudades de Cleo, não a via desde o passeio naquela "manhã fatídica", como a amante denominara sua volta ao trabalho e o almoço com o marido. Não demonstrou curiosidade quanto à visita, mas ouviu com interesse quando a irmã contou que Cleonice e Balbina tinham conversado bastante. Luciana não ficara o tempo todo na sala e não ouvira a conversa, pois estava se preparando para o fim de semana com Bento. Balbina a interrompeu, quis saber quem era Bento. Luciana achou que a oportunidade era ideal para contar sobre seus planos.

Balbina, até então grudada no noticiário, desligou a TV. Luciana contou que fora pedida em casamento e que Bento queria vir visitá-la para pedir sua permissão. Balbina fez-se de desentendida:

— Pedir permissão para quê?

Os irmãos riram ao mesmo tempo. Explicaram que era costume o noivo pedir permissão quando pretendia se casar, era uma maneira educada de demonstrar que o namoro era sério e que pretendia ser aceito na família. Mas Balbina não estava disposta a abrir mão da única filha e resolveu ser do contra:

— Não precisa vir pedir nada. O que ele queria já conseguiu.

Luciana não queria brigar, mas foi impossível ficar calada:

— O Bento vai vir aqui e espero que não lhe faça nenhuma desfeita, senão quem vai brigar sou eu. Não faça grosseria com ele, senão vamos nos desentender. Estou sendo clara?

Balbina olhou para o filho, procurando apoio. Júnior interferiu com firmeza:

— Luciana tem razão, mãe. Bento é um ótimo partido. Quando ele vier quero estar aqui também, e não vou permitir malcriação.

Balbina não perdeu a pose:

— Os dois se juntaram contra mim, pelo que vejo. Sei que minha opinião não tem mais valor. Ficar velha tem dessas coisas — em seguida levantou-se e foi para o quarto sem se despedir.

Júnior e a irmã conversaram sobre a fábrica e depois sobre o namoro dela. Luciana estava feliz, queria ter sua própria casa. Júnior ponderou que seria melhor para a mãe se ela continuasse morando no apartamento. Havia acomodações confortáveis para o casal, mas diante da reação de Luciana, não insistiu:

— Acho que fui infeliz na proposta. Você tem todo o direito de construir sua vida junto com seu marido. Retiro o que disse. Pensei somente em mamãe e me esqueci de você. Você pode me desculpar? — levantou-se e a beijou. Os dois se entenderam, e ficou resolvido que Júnior lhe daria apoio total se a mãe ficasse contra o casamento.

Júnior foi até o quarto para se despedir da mãe. Balbina fingiu que estava dormindo. Antes de sair, perguntou à irmã se Cleonice estava bem, pois havia quase uma semana que não a via. Luciana sorriu compreensiva, pois não acreditou. Estava certa de que mantinham um romance. Júnior retornou ao apartamento e ficou olhando em volta como se procurasse o que fazer. A solidão de morar sozinho estava começando a incomodar. Construíra um patrimônio e uma fábrica de sucesso, era o que se podia chamar de uma pessoa vencedora. Tinha conforto, dinheiro e tranquilidade, mas não tinha com quem conversar no final do dia.

Não criara hábitos, não visitava bares da moda nem mesmo clubes. Não conhecia casas noturnas nem viajava com companhia feminina. Trabalhava muito, se esquecera de que o lazer fazia parte da vida de todas as pessoas. Lia jornal todos os dias, mas devido à sua cultura limitada não se interessava por livros ou mesmo revistas. Ao cinema não se lembrava da última vez que fora, mesmo assim por insistência de Cleonice, que recomendara o filme. Nunca tinha entrado em nenhum teatro. Sua vida era vazia, estava descobrindo tardiamente. Via os empregados ansiosos por retornar para casa no final do expediente, brincar com os filhos, beijar a mulher, imaginava com alguma tristeza.

E ele? Saía às escondidas com a amante e se enfurnava num motel discreto. Era o lazer de que podia usufruir, quando ela estava disposta e disponível, já que tinha outras obrigações. Quando mergulhava nesses pensamentos, se perdia. Estava se tornando um homem triste. Percebia o quanto invejava as pessoas felizes, e invejar a felicidade dos outros o tornava ainda mais infeliz, pois entendia que estava carente de emoções e ficava envergonhado ao perceber que acalentava esse tipo de sentimento. A pobreza da alma era pior do que a pobreza material, pois esta tinha solução, mas para uma alma pobre não havia remédio.

Andou pelo apartamento vazio. Foi ao quarto onde dormia, passou pelo quarto de hóspedes e voltou à sala. Tudo imaculadamente limpo. As únicas obrigações de sua diarista eram arrumar sua cama, deixar uma salada na geladeira e quando necessário levar sua roupa e buscá-la na lavanderia. Não recebia amigos nem amigas. Apenas a poeira que se infiltrava pelas frestas visitava sua casa. Cleonice o trazia em rédea curta. Nunca fora ao seu apartamento, mas nada a impedia. Isso complicava a sua vida, pois não poderia ter outra namorada ou uma mulher que eventualmente lhe fizesse companhia.

Na cozinha, abriu a geladeira e ficou olhando as latas de refrigerante enfileiradas. Nem beber ele sabia. Sua decoradora fizera um belo recanto em uma reentrância, que seria usado como bar, comprara algumas marcas de uísque e garrafas de vinho tinto. Tudo inútil. Satisfazia-se com um copo de cerveja de vez em quando, uma taça de vinho era o máximo que experimentava nos motéis com Cleonice. Se gostasse de beber, tomaria um porre para afastar a solidão.

Ligou a TV e logo identificou a novela da moda, sobre a qual ouvira comentários. Viu que as atrizes eram bonitas e os atores jovens e sarados. Não sabia o que estava acontecendo. A trama era extensa e não dava para imaginar o que já havia ocorrido. Desinteressado, desligou. Mastigou a salada, que temperou com mais sal e azeite. Ficou intragável. Pegou o telefone e pediu uma pizza. Conversaria com o motoqueiro. Quando a pizza chegou, estava cochilando na poltrona. Pagou com uma nota de cem. O motoqueiro disse que não tinha troco. Não se importou, deu uma gorjeta generosa. O rapaz saiu depressa, com receio de que se arrependesse. Fizera alguém mais feliz do que ele naquela noite.

23.

Finalmente, em uma terça-feira à noite, Bento adentrou o apartamento de sua futura sogra. As flores que mandara entregar à tarde enfeitavam a sala.

Luciana estava visivelmente nervosa. Beijou o namorado discretamente e o apresentou a Balbina:

— Mãe, esse é o Bento.

Balbina não esboçou nenhum sorriso de boas-vindas e agradeceu as flores, a seu modo:

— As flores são bonitas, embora ache um desperdício gastar dinheiro com isso.

Bento tentou ser simpático. Disse que era uma ocasião especial, um momento importante em sua vida. Ela fez de conta que não ouviu, ficou olhando o homem como se quisesse trespassá-lo. Luciana ofereceu refrigerante, água.

— O café está fresquinho — insistiu.

Bento foi educado, mas recusou. Um ligeiro sorriso de desprezo foi a reação de Balbina quando a filha perguntou se ela queria alguma coisa. Alfinetou:

— Você nunca me ofereceu nada. Por que isso agora?

Luciana não queria brigar com a mãe na frente de Bento, mas depois daria o troco merecido, prometeu em silêncio. Júnior fora avisado, mas não pudera vir. Não tinha quem a defendesse. Bento fez rodeios, tentou abrir uma brecha. Vendo que seus esforços eram inúteis, finalizou:

— Creio que a senhora sabe o motivo de minha visita. Vou ser breve para não tomar seu tempo.

Balbina prestou atenção, uma delicadeza forçada, pois sua expressão era de desinteresse. Bento não se intimidou:

— Para encurtar a conversa: eu e sua filha resolvemos nos casar. Espero que seja de seu agrado, isso facilitaria muito. Deixei a cargo dela marcar a data, será apenas no civil, o mais breve possível.

Balbina apenas consentiu com um leve movimento da cabeça. Não esperava que fosse desse jeito, a decisão apresentada na bandeja, pronta para ser servida. Bento complementou:

— Seu filho Júnior já está ciente e aprovou nossa união — levantou-se em seguida e estendeu a mão para se despedir.

Luciana interferiu:

— Não, não vá embora. É muito cedo. Vocês não conversaram quase nada. Preparei uma comemoração — foi à cozinha e voltou com uma garrafa de champanhe na mão, pediu ao namorado que abrisse e buscou as taças.

Bento não quis desagradar sua futura mulher. O casal estava alegre, indiferente ao ambiente criado por Balbina, que mal tocou a bebida, balbuciando o desejo de que fossem felizes. Falou tão baixo que nem deu para entender, e Luciana quis saber o que dissera. Balbina repetiu de má vontade:

— Disse para serem felizes.

Ambos agradeceram e continuaram esvaziando suas taças. O ambiente só melhorou quando Balbina, alegando cansaço, retirou-se para o quarto, sem se despedir do futuro genro. Quando ficaram sozinhos, Luciana e Bento riram baixinho e se beijaram apaixonadamente. O pedido de casamento se tornou motivo de piada entre os dois, não deram importância às demonstrações de desagrado de Balbina. Estavam felizes, era o que importava. O casamento seria dentro de um mês. Restava definir o que queriam reformar na casa de Bento. Outra dúvida foi resolver se ele convidava os filhos ou apenas lhes comunicava. Luciana ponderou a importância da anuência deles. Queria até, se fosse possível, que a conhecessem antes. Um mês era um prazo curto para todas essas providências, o filho morava no exterior e a filha vivia atarefada com seus processos no sul do país. Telefonar não seria uma boa solução, mas era a única possível.

Bento queria sair. Luciana queria ficar em casa, tinha que levantar cedo no dia seguinte para trabalhar. A conversa mudou para a oficina de consertos. Bento disse que ela poderia expandir a garagem, não haveria perda de espaço útil no quintal. Júnior pensava em fechar a oficina, mas Bento ponderou que não se fecha um negócio com clientela formada. O argumento de Júnior era razoável: não havia ninguém disponível para ficar à frente do negócio, não queria abrir mão da presença da irmã na fábrica. Bento discordava, gostaria que ela diminuísse o ritmo depois de casada. Não iria jamais impedi-la de fazer o que gostava, apenas achava que ser dona de casa e se dedicar ao trabalho com a mesma disposição seria uma tarefa desumana. Havia também os cuidados com a mãe, que não poderia ser abandonada. Por que não arrendar a oficina para a gerente atual? Luciana a treinara, era de confiança e batalhadora. Já trabalhava na oficina fazia muito tempo e devia ter vontade de ter seu próprio negócio. Um bom empregado deve ser recompensado por seu esforço, não apenas receber uma indenização e um "muito obrigado" pela colaboração. Luciana disse que conversaria de novo com o irmão.

A garrafa estava vazia. Bento disse que precisava ir, a deixaria descansar. Balbina não saiu mais do quarto. Quando Luciana chamou, não respondeu. Bento fez-lhe sinal para que não insistisse. Viera de táxi, pois imaginara que haveria alguma comemoração. Enquanto o táxi não chegava, se despediram carinhosamente. Foram abraçados até o elevador.

Luciana voltou ao apartamento pronta para brigar com a mãe. Será que valeria a pena? Estava tão feliz que preferia adiar uma conversa séria, e até esquecer o que ocorrera. Bento não dera nenhuma importância ao que Balbina falara. Agira com educação, mesmo tendo insistido em seu objetivo. Disse que gostaria de ter a bênção da futura sogra por acreditar que a felicidade de um casamento começaria com sua aceitação na família.

Bento disfarçara a decepção para não aborrecer sua noiva. Balbina já ultrapassara todos os limites de paciência da filha. Quando se casasse, a mãe sentiria sua falta e perceberia o quanto ela se dedicava. Nada como o tempo e a ausência para ensinar às pessoas o valor de quem lhes serve por amor. Não conseguia entender aquela mãe. A dedicação e os cuidados que dispensava a Josué eram desproporcionais à atenção que o filho lhe dava.

Já perguntara se Luciana teria ciúmes do irmão, mas a resposta sempre era não. Gostava de Josué, assim como gostava do Júnior e dos irmãos ausentes. Entendia os motivos dos irmãos mais novos, que tinham saído de casa. Talvez Júnior tivesse feito o mesmo, não fossem as responsabilidades que assumira. Júnior era o irmão mais prejudicado. Até hoje nunca se ligara a ninguém, nunca soubera de nenhum namoro mais sério. Luciana sabia de alguns relacionamentos breves, mas nunca trouxera nenhuma moça para apresentar à família.

Até onde ela sabia, o irmão era um solitário, o que o tornava vulnerável a qualquer mulher que lhe dedicasse maior atenção. O que tanto temia, e rezava para que não fosse verdade, talvez já tivesse acontecido. Cleonice era uma mulher bonita e insinuante. Qualquer homem, mesmo não sendo solitário, seria facilmente envolvido por seus encantos se ela se aproximasse, e Júnior esteve muito próximo dela por muito tempo. Também era mulher, podia avaliar o efeito de uma mulher como Cleonice. O casamento com Josué, que ninguém soube como se dera nem se tinham namorado para se conhecer, continuava sendo um mistério. Por mais que gostasse dele, Josué não era comunicativo, muito menos simpático. Reconhecia que dificilmente seria capaz de despertar o interesse de uma mulher como Cleonice.

Formavam um casal sem sintonia. Ela nascera para brilhar, não importava a quem fizesse sombra; era luminosa, falante, expansiva como uma flor que desabrochava e espalhava perfume, deixando um rastro por onde passava. Ele era apagado, mergulhado em si mesmo, insondável como uma concha. Diferiam tanto que ela não entendia como podiam ter se juntado. Agora achava que suas suspeitas tinham fundamento. Ensaiara muitas vezes perguntar a Júnior, mas imaginava uma resposta tão evidente que a deixaria envergonhada. Cleonice, por seu lado, não seria infantil nem suficientemente vaidosa para admitir.

Estava conformada com suas suspeitas não confirmadas, impossibilitada pelas circunstâncias de compartilhá-las. De que adiantaria se viesse a saber que era verdade? Sofreria ainda mais, pois teria que guardar silêncio absoluto sobre o absurdo da situação. Os dois irmãos se tornariam inimigos. Poderia haver uma reação violenta por parte de Josué, uma pessoa totalmente enigmática, um desconhecido para a família. Que tipo de relação emocional mantinha com a mulher? Um mistério total. Ninguém presenciara nenhum gesto afetuoso dele, era absolutamente impenetrável, nada denunciava que eram casados. Formavam um par porque assim haviam se apresentado naquele almoço em que apareceram de surpresa.

O mistério se aprofundava na medida em que novos fatos ocorriam. A despreocupação de Cleonice ao pagar grandes quantias pelos pontos comerciais ainda não saíra de sua mente, embora sabendo de onde vinha o dinheiro. Sua súbita decisão de voltar à casa da sogra sem a companhia de Josué lhe parecera tão fora de propósito que não conseguira encontrar uma explicação razoável. Tomara fosse apenas cisma de sua parte. Cuidaria de preparar-se para viver com seu homem. Imaginava que a vida de casada teria suas surpresas, mas nada que a amedrontasse. O encontro com Bento fora afortunado, já estava se conformando com a possibilidade de viver como solteirona, cuidando da mãe até que a levasse para o cemitério, mas quis o destino que tudo acontecesse com naturalidade.

Quando conheceu Bento, conseguia vê-lo apenas como a pessoa que alugara um espaço ocioso para seu irmão iniciar um negócio. Não a desagradava como homem, mas não pensava que um dia se tornaria sua mulher. A sorte estava sendo caprichosa com ela. Sorriu feliz, enquanto deixava a água escorrer pelo corpo. Precisava se cuidar mais. Compraria cremes para o corpo e cuidaria dos cabelos. Um bom salão de beleza lhe faria bem. Olhou suas mãos e decidiu que precisava de uma manicure. Doravante se preocuparia mais com roupas, sapatos e bolsas. Mulher se conhece pelo que usa. Bento andava sempre bem-vestido, era cuidadoso com a aparência.

Desistiu de conversar com a mãe. Foi dormir com a consciência leve de quem se preparava para ser feliz.

24.

Desde que acordara, Júnior não parava de pensar em Cleonice. Tivera uma noite agitada, com pesadelos, acordara várias vezes. Já não suportava mais viver aos sobressaltos. Enquanto estava com a amante, sua vida corria leve, não via o tempo passar, mas logo que se despediam batia-lhe um vazio que o sufocava até esgotar suas forças. Precisava dar um basta à situação de sofrimento e solidão em que estava mergulhado. Já não pensava em brigar nem em terminar o namoro (não conhecia um nome mais adequado para se referir ao envolvimento com Cleonice). Brigar e tentar se separar seria doloroso e inútil, pois se reconciliariam ao primeiro beijo. Bastava-lhe vê-la para abrir mão de qualquer atitude drástica.

Teriam que encontrar uma solução, mas qual? Ela poderia passar algumas horas com ele no apartamento, fugiriam do ambiente impessoal dos motéis. Achava que se encontrarem somente em motel dava ao amor dos dois uma aura de fragilidade, de coisa passageira e superficial. Não era como se sentia com relação a Cleonice. Ela era muito importante para ele. Pela primeira vez pensara em constituir um lar, ter uma mulher, criar filhos, receber amigos, visitar parentes, fazer festas de aniversário, esses acontecimentos corriqueiros que preenchem o cotidiano das pessoas, consolidam as famílias e alimentam o amor dos casais.

Fora criado numa casa cheia de irmãos e amigos dos irmãos. Viviam alegres e eram sadios, ninguém reclamava de falta de conforto ou de comida. Contentavam-se com o pouco que tinham, e quando mudavam a rotina, porque o pai ganhara um pouco mais de dinheiro e proporcionava uma ceia com frango assado e farofa de ovo com milho, tudo se tornava uma festa. Havia gritos e vivas, riam uns dos outros por causa dos rostos lambuzados de gordura, com farofa grudada no rosto. A mãe não ralhava com ninguém e o pai participava da brincadeira. Isso lhe fazia falta.

Os almoços na casa da mãe seguiam uma rotina diferente. Crescidos, tinham se esquecido do prazer de rir e brincar. A família se dispersara e Balbina se tornara uma mulher doente e rancorosa. Seu contato com os irmãos se resumia a ligações apressadas de celular, que diminuíam à medida que o tempo passava. Não conhecia os sobrinhos de Brasília, não sabia onde os gêmeos andavam metidos. A irmã se casaria em breve e ele ficaria para semente. Semente de quê? Onde plantaria sua semente, antes que ela murchasse de vez?

Perdido nesse emaranhado de lembranças e projetos para o futuro terminou de se aprontar e foi para o trabalho. Não telefonou para a amante (deixaria de usar eufemismos para se referir à verdadeira condição de Cleonice). Faria isso da fábrica, depois de resolver os problemas habituais de todas as manhãs. Queria vê-la, saber o que acontecera depois da manhã fatídica com o marido. E a razão da visita dela à sua mãe? Estava curioso para entender o que se passava na cabeça de Cleo, embora já estivesse convencido de que entender a cabeça de uma mulher era tarefa fadada ao fracasso.

Queria uma convivência mais próxima com ela, mas todas as vezes que falavam no assunto não chegavam a nenhuma conclusão. Avaliavam várias possibilidades, mas sempre esbarravam em alguma inconveniência lembrada pela fértil cabeça de Cleonice. Uma vez, em que cogitou de ela se separar de Josué, passar algum tempo sozinha e depois fingir uma aproximação e se casar com ele, ouviu uma descompostura. Ela não era mulher desse tipo de comportamento. Perguntou, para reforçar sua situação, se ele ficaria feliz se os papéis fossem invertidos. Como ele se sentiria, descobrindo que ela se separara dele para depois se casar com seu irmão? Não. Ela não fingiria jamais. Fingimento era uma atitude covarde, que feria seus sentimentos de mulher íntegra e honesta. Aceitaria se separar, sim, desde que ele assumisse o romance com ela e enfrentasse as consequências.

Sentiu uma vontade incontrolável de rebater, pois de íntegra e honesta ela não tinha nada, dado o romance dos dois. Ele era solteiro e descomprometido, e ela uma adúltera, sob qualquer ângulo que se olhasse. Preferiu se calar para não azedar ainda mais a discussão. Como ficara aberta a possibilidade de ela se separar, voltou ao assunto com a certeza de que teria sucesso, pois a sugestão partira dela. Assumiria as consequências e a responsabilidade pelo romance.

Cleonice ouviu atentamente e pediu um tempo. Uma semana depois, cobrou uma resposta. Ela pediu mais tempo, não queria atrapalhar o encontro com aquele assunto. Foi paciente por várias semanas. Insistiu. Dessa vez ela não brigou, mas fez tantas considerações sobre as inconveniências, os aborrecimentos, a vergonha que se abateria sobre os dois, que a conclusão inevitável era que não valeria a pena. Eles não estavam felizes, se vendo todos os dias? Ela era a mais feliz das mulheres. Tinha um trabalho, um casamento respeitável e um amante maravilhoso. Teceu tantos elogios e lhe fez tantos carinhos que ele acabou se conformando.

Agora tinha certeza de que Cleonice se acomodara com a situação: casamento estável, muito conforto, dinheiro à vontade, um amante fiel e apaixonado e mais uma realização a caminho, a maternidade. Na realidade, quem estava em desvantagem era ele. Poderia ser o homem de outras mulheres também. Dependia dele, ela não saberia. Forçaria uma nova conversa. Se antes fora conveniente para os dois, agora chegara a hora de começar a se preocupar com seu bem-estar. O casamento da irmã o estava acordando para sua situação de solitário, vivia sozinho há tempo demais.

Foi com essa disposição que ligou para a amante. Ela atendeu confiante e imensamente feliz, ele pôde perceber pelo tom de sua voz. Ela também queria vê-lo, estava com saudades.

Foi encontrá-la no estacionamento. Almoçariam no motel, o que já o aborrecia só em pensar. A comida era ruim, o tempero exagerado e as opções poucas e já bastante conhecidas. Mas, fazer o quê? Não podiam aparecer em público, e não por causa dele. Não sabia até quando suportaria a situação.

Ficou ansioso durante toda a manhã. A expectativa de rever a amante era sempre a mesma: transpirava intensamente, mesmo sabendo que seria amado sem reservas. Mesmo estando longe, Cleonice sabia tumultuar suas certezas e desmontar seus planos. Seu poder de enfeitiçá-lo era visível, ele tinha certeza de que seria convencido a agir de forma diferente do que havia decidido. Precisava vencer primeiro a si mesmo, para depois planejar sua vida. Com a influência de Cleonice seria impossível fazer valer sua vontade. Era fraco perto dela, um brinquedo para diverti-la, e esse sentimento o incomodava cada vez mais. Onde encontrar forças para se desamarrar de Cleonice? Sua vontade era frouxa diante do amor que sentia pela amante.

Fizeram amor antes do almoço. A paixão de Júnior reacendeu com exagerado vigor, estava agressivo nas investidas. Cleonice reclamou:

— Devagar, amor. Você está me machucando. Assim não gosto.

Júnior arremeteu novamente, com fúria ainda maior. Ela se desvencilhou. Estava muito zangada:

— Não admito que faça isso comigo. Estou grávida, se você não sabe.

Júnior replicou no mesmo tom:

— E desde quando isso atrapalha?

Cleonice foi veemente:

— Estou falando da violência. Você não está fazendo amor, está me machucando. Parece um animal — e se levantou.

O encontro terminou nesse momento. Deixaram o almoço intacto e Júnior a levou até o estacionamento. Mal o carro parou, Cleonice abriu a porta e saiu pisando duro. Júnior arrancou e cruzou a cancela usando o mesmo tíquete, pois não havia vencido o prazo de tolerância.

Não sabia para onde ir. Não queria voltar para a fábrica. Deixara tudo encaminhado para passar a tarde fora, dissera a Luciana que iria visitar um fornecedor numa cidade perto de Belo Horizonte, provavelmente não voltaria naquele dia. Não podia chegar lá agora e dizer que desistira. Luciana era observadora, notaria que ele estava irritado e poderia fazer perguntas embaraçosas. A confiança entre os dois permitia esse tipo de questionamento.

Estacionou no Pátio Savassi. Morava ali perto, mas nunca visitara o shopping. Admirou-se do movimento da praça de alimentação, foi conhecer as lojas e o piso onde ficavam os cinemas. Olhou os títulos dos filmes. Nenhum conhecido. Estava muito desatualizado. Foi ao piso inferior e comprou o jornal. Procurou a página de cinema. Queria ler a sinopse de um filme que chamara sua atenção. Foi até o balcão, comprou um sanduíche e um refrigerante para poder ocupar uma das mesas. Leu todo o jornal e foi se acalmando.

Precisava de uma bebida mais forte. Resolveu levar o carro até a garagem de seu apartamento e depois perambular pelas ruas do bairro. Sentiu-se um estranho enquanto caminhava, mas aos poucos foi se habituando a estar a pé e apreciando o ambiente. As pessoas eram interessantes, e havia muitas mulheres desacompanhadas. Foi até a Avenida Getúlio Vargas, considerada o centro da Savassi, onde antes havia uma padaria que deu nome ao bairro. Em seu lugar havia agora uma operadora de telefonia. Do outro lado, na mesma esquina da Rua Pernambuco, havia uma lanchonete de uma rede famosa. As outras esquinas eram ocupadas por lojas menos conhecidas, mas bem iluminadas e bem cuidadas. Procurou um bar, pois continuava com vontade de beber. Será que na Savassi não havia bares? Em uma rua lateral encontrou um serviço de comida a quilo, que àquela hora funcionava como choperia. Ocupou uma mesa na calçada, um lugar com visão ampla da rua.

O movimento aumentava no fim de tarde. As lojas foram fechando e as ruas se enchendo de passantes apressados. Chegaram os frequentadores da noite e o bar ficou animado.

O vozerio não permitia que se distinguisse nenhuma conversa. Estava relaxado. Gostara do ambiente. A Savassi era um lugar aprazível, com gente bem-vestida e mulheres atraentes. Saiu de lá depois das dez. Estava bastante embriagado, mas muito alegre e satisfeito consigo mesmo. Descobrira que havia vida longe da amante.

Estava com fome. Os petiscos que comera não tinham sido suficientes para saciá-lo, mas não queria jantar. Entrou numa casa de massas e pediu um macarrão ao sugo e meia garrafa de vinho. Comeu vagarosamente. A comida quente o reanimou, mas o vinho caiu mal. Foi caminhando até o apartamento, e quando pegou o elevador sentiu que precisava correr para o banheiro. O porteiro da noite, ao vê-lo pálido, perguntou se precisava de ajuda. Agradeceu, e agora estava debruçado sobre o vaso sanitário descarregando o estômago. Aprendera a sua lição na primeira vez em que se aventurava na boemia: nunca deveria misturar bebidas alcoólicas. Tomou um chuveiro quente e foi dormir.

25.

Cleonice não guardava raiva por muito tempo. Procurou acalmar-se antes de entrar na loja. Não queria dar motivo para comentários, já lhe bastavam os cochichos que percebera após o episódio com seu marido. A repetição do mal-estar seria demais.

Não pudera repreender ninguém. Que mulher não gosta de falar da vida alheia, especialmente de seus patrões ou chefes imediatos? Era uma vantagem ser mulher nessas horas, avaliara corretamente a razão do disse-me-disse dentro da loja. Chamou a gerente e ela confirmou que as vendedoras tinham espalhado que a patroa havia sido flagrada pelo marido chegando à loja sem poder explicar onde passara toda a manhã. Não havia medida possível para parar o abuso. Resolveu despedir uma das vendedoras. Escolheu a que lhe pareceu mais falante, embora fosse a que mais vendia. Lamentou, mas serviria de exemplo para as outras. Estava certa. Os cochichos pararam, pelo menos no ambiente de trabalho, era o que ela queria.

Estava muito zangada com Júnior, achara um desrespeito o que ele fizera. Ela não era uma cadela no cio, mas uma mulher, exigia ser respeitada como fêmea e ser humano sensível.

Mesmo quando estava aborrecida nunca maltratava o amante. Os momentos que reservava para os encontros eram cuidadosamente planejados. Preparava-se com esmero, queria estar bonita para seu homem. Ele merecia. Era com ele que alcançava o prazer, era dele que recebia os carinhos que satisfaziam seus mais íntimos desejos. E ela satisfazia os dele, por mais estranhos que fossem. Dentro de quatro paredes era somente uma fêmea, sem preconceitos nem limites. Tinha absoluta certeza de que dava o melhor de si, mas nunca permitiria que o amante a violasse, isso, o que ele fizera tinha a marca da violência. Sabia o que era tesão acumulada por falta de sexo, e era muito diferente de agressão sexual. Gostava dos encontros, era o momento em que renovavam sua paixão e o amor que os unia.

Cumprimentou as vendedoras com atenção. Parou para conversar com uma delas, perguntou pela família, quis saber se o pai havia melhorado e se já saíra do hospital. Foi falar com a gerente, que a acompanhou até sua sala. Havia furos no estoque e alguns modelos precisavam ser repostos, algumas clientes já tinham reservado. Cleonice anotou o que precisava e resolveram repetir modelos que tinham vendido bem e estavam esgotados. Telefonou para as filiais e fez outras anotações. Não deixava faltar mercadorias nas lojas, uma das razões de seu sucesso.

Estava sem ânimo de ir à fábrica para entregar a grade de faltas e ver alguns modelos que estavam na forma. Não podia se descuidar da produção, mas não enfrentaria o amante naquele resto de dia. Ligou para a expedição e falou com a cunhada. Luciana foi solícita, disse que seu estoque talvez fosse suficiente para cobrir os buracos das lojas. Quanto à fabricação de modelos, isso dependia de Júnior e do chefe de produção, e o irmão tinha saído de manhã para visitar um cliente em uma cidade perto de Belo Horizonte.

Cleonice não insistiu. Desconversou e deixou para o dia seguinte o que pretendia fazer na parte da tarde. *Foi melhor assim*, ponderou, *não quero ver o Júnior de novo mesmo*. Estava profundamente magoada, queria se recuperar do abalo provocado pelo desentendimento. Conferiu o relógio. Já dera tempo de Júnior retornar à fábrica. Onde ele teria se metido? Telefonaria mais tarde para Luciana, inventaria uma desculpa. Pediria reposição de alguns modelos que havia esquecido.

No meio da tarde telefonou novamente para a fábrica. Luciana a atendeu ao primeiro toque, anotou o que Cleonice ditou e quando ela pediu para falar com o irmão, respondeu:

— O Júnior ainda não voltou, Cleo.

Cleonice ficou sem saber se insistia ou não dava importância. Emendou, já sabendo que Luciana não saberia responder:

— Ele disse que fornecedor ia visitar?

Tinha esperança de que a irmã soubesse mais alguma coisa e estivesse escondendo para proteger o irmão. Sabia que os dois eram amigos, Luciana não se negaria a mentir para encobrir qualquer coisa se ele pedisse. Precisava se aproximar mais da cunhada, não podia se descuidar, a mulher fica mais forte quando tem aliadas fiéis.

Perguntou por Balbina. Disse que gostaria de visitá-la novamente, telefonaria para marcar. Pediu apenas para que a avisasse de que iria ligar. Não queria que Luciana se preocupasse em estar lá para recebê-la. Sabia de suas obrigações e dos preparativos para o casamento. Perguntou se tinham marcado a data. Disse estar decepcionada porque não haveria festa, queria saber o dia para enviar um presente, gostaria que ela escolhesse ou dissesse o que ainda não haviam comprado.

Luciana agradeceu, mas a casa estava montada. Não fariam despesas extras, a pedido dela. Cleonice se conformou, mas repetiu que queria conversar com Balbina, a sós, para aprender como cuidar de um bebê, pois ela já cuidara de sete.

Desligou, mas continuou inquieta com o sumiço de Júnior. Ele que não pensasse em aprontar alguma trapalhada. Era capaz de avançar em quem estivesse na sua frente quando se sentia contrariada. Não tinha muito controle de suas ações. Planejava tudo com antecedência, detestava surpresas. Sempre agira assim, descobrira que planejando dava tudo certo, embora tivesse experimentado alguns fracassos. Quando ainda jovem, a insegurança a fizera cometer asneiras, mas tinha aprendido com seus erros. Nada melhor para aprender do que apanhar quando jovem. Depois de adulto, apanha-se muito mais. Na falta dos pais foi obrigada a encontrar suas próprias respostas para vencer os obstáculos. Foi duro o aprendizado, mas tinha valido a pena. Não se arrependia de nada, assim é que tinha chegado onde estava. "Quem não bate, leva", foi sua lição mais importante.

Júnior não a conhecia o suficiente, mas iria conhecer se começasse a aprontar. O amor que sentia por ele era verdadeiro. Nunca duvidara de que ele a amava também, mas isso não lhe dava o direito de abusar de seu corpo nem de seus sentimentos. Antes de fechar a loja, ligou novamente. O telefone chamou até cair a ligação. Olhou o relógio: a fábrica fechava às seis, já eram sete horas. Tentou o celular. Estava desligado ou fora de área. Júnior não estava em nenhuma estrada, ela ligaria mais tarde. Mas não conseguiu. Josué não a deixou nem um instante. Não ia se esconder no banheiro para ligar, não conseguia fazer esse tipo de trapaça.

Foi dormir mais cedo. No dia seguinte tinha consulta de manhã para ouvir o coração do bebê e, finalmente, saber qual o sexo da criança. Estava feliz. Seu instinto dizia que era uma menina, mas se fosse um menino ficaria contente também. Um filho homem representava tranquilidade para o futuro, não sabia explicar por que guardava esse sentimento no coração. Uma menina lhe faria companhia, mas um menino lhe transmitiria força e decisão para enfrentar as dificuldades no futuro. Perguntaria a Balbina o que sentira antes de os filhos nascerem. Não contou para Josué que pretendia ir visitar a sogra novamente, antes do próximo domingo, havia um sentimento indefinido de urgência nessa visita.

Josué prometera que iria com ela ao médico. Cleonice, pela primeira vez desde que se casara, notou certa ansiedade no marido. Achou muito estranho, pois ele sempre fora impenetrável, somente quando se irritava é que o via sair de sua atitude habitual, inacessível e distante. Ele parecia feliz, se é que se pode chamar de felicidade um disfarçado sorriso de contentamento, certamente o máximo que ela conseguiria dele. Um sorriso aberto e sem limitações seria impossível, uma gargalhada mais ainda, nunca ouviria de seu marido. Ele não era propriamente carrancudo, mas sério em demasia.

Naquela manhã parece ter havido um milagre. Josué

andava do quarto para a sala enquanto a esperava. Será que a emoção de saber se o bebê seria homem ou mulher era tão importante, a ponto de torná-lo um homem mais alegre e de bem com a vida? Era uma pergunta que por enquanto ficaria sem resposta. Ele fez questão de dirigir. Abriu a porta para que ela se ajeitasse no banco e só depois de verificar se estava bem fechada é que deu a volta e foi sentar-se ao volante. Surpreendente.

Cleonice continuou recolhida no mais absoluto silêncio, até chegarem à clínica. Josué foi educado ao ser apresentado ao médico, coisa rara em seu comportamento, mas não chegou a ser simpático. Quando a imagem do bebê apareceu na tela e o médico disse que era uma menina, pôde ouvir um suspiro prolongado de Josué. O médico falou o tempo todo, dando informações a Cleonice. A gestação estava correndo bem, a menina estava bastante desenvolvida.

Saíram do consultório e ela pediu para voltar para casa e pegar seu carro. Gostava de ser independente, não seria por causa da gravidez que iria modificar suas atividades. Continuaria dirigindo e trabalhando na loja todos os dias, enquanto fosse possível.

A alegria contida do marido murchou após o exame. Não trocaram palavra até que ela desembarcou na porta da garagem. Josué foi para o escritório e ela para a loja.

Estava apressada. Queria comunicar ao amante que ele seria pai de uma menina.

26.

Júnior saiu do escritório e foi até a expedição contar para a irmã que Cleonice teria uma menina. Poderia ter falado pelo ramal interno, mas quis dar a notícia em viva voz, e ficou mais de meia hora falando sobre o assunto.

Luciana estranhou a alegria do irmão. *Por que meu irmão está tão falante?* Não queria ser do contra. Se Júnior estava feliz, devia ter uma razão mais profunda do que ela supunha. Já tinham sobrinhos dos irmãos de Brasília, embora não os conhecessem. Ela também tinha ficado alegre com a notícia, mas Júnior parecia querer angariar companhia para comemorar. Gostava muito de Cleonice, já o ouvira dizer mais de uma vez, mas estava ultrapassando o limite de uma amizade comum, por mais forte que fosse. Suas suspeitas de um relacionamento entre os dois se acentuaram.

Continuou a trabalhar normalmente. Depois telefonaria para a cunhada, para dar os parabéns e contar que já tinha falado com Balbina, bastava marcar o dia em que iria vê-la. Perguntaria também se devia guardar segredo sobre a novidade, se ela mesma queria contar. Mulher grávida gosta de falar sobre a gravidez, espalhar para os amigos e parentes tudo o que acontece de novo, como se todos partilhassem de sua felicidade. É o acontecimento mais importante na vida de uma mulher, Luciana avaliava, já sonhando com a maternidade. Havia dito ao Bento que não queria engravidar tão cedo, talvez nem quisesse filhos, pois amava sua independência e achava que uma mulher que ultrapassara os trinta já não devia se arriscar. Mas a gravidez de Cleonice e a proximidade do parto, a antecipação do sexo do bebê ainda no ventre, tudo isso balançara suas convicções. Mudara de opinião radicalmente e não se envergonhava disso. Felizmente, dentro de duas semanas estaria casada, pronta para a maternidade. Que importância teriam seus planos para uma carreira profissional e progresso material diante da realização como mãe?

Não viu quando o irmão saiu nem quando voltou ao escritório. Somente ao procurá-lo na hora do almoço soube que ele tinha saído logo após ter-lhe contado sobre a menina. Sua desconfiança aumentou. Júnior estava envolvido com Cleonice, e nada a convenceria do contrário. Ele agira como pai, era evidente a demonstração de seu contentamento. Nem se preocupara em ser discreto.

Luciana não queria criar preocupações extras na véspera de seu casamento, mas o segredo que Júnior guardava era inteiramente despropositado. Por que o irmão, um homem inteligente, bem-apessoado, provavelmente assediado por mulheres descompromissadas e sem problemas, tinha decidido se ligar à mulher de seu irmão complicado? Custava-lhe acreditar que fosse tão impulsivo a ponto de não refletir no que estava fazendo. Cleonice, por sua vez, fora tão imprudente quanto seu irmão. Será que nunca lhes passara pela cabeça que o envolvimento dos dois um dia seria descoberto? Eram apenas imprudentes ou totalmente canalhas? Não gostava de posar de moralista, ninguém pode atirar pedras no próximo. Poderiam ter assumido que tinham se apaixonado e o amor fora mais forte. A verdade pode ser instigante enquanto ainda é segredo, mas quando é descoberta, vira tragédia ou mentira.

Torcia para que suas suspeitas se revelassem infundadas. Josué, o irmão misterioso, não suportaria ficar sabendo que fora enganado pelo próprio irmão. Traição acontece com qualquer pessoa, mas os parceiros são cautelosos. Uma traição confessada dói por menos tempo do que quando descoberta por acaso. A verdade pode ferir muito ou ser um alívio, depende de quem conta e de quem escuta. Cleonice poderia ter se adiantado e contado ao marido que se apaixonara por outro homem. Seria honesto, manteria seu caráter intocado. Júnior, homem sensato e responsável, nunca poderia ter alimentado esse tipo de relação. Um homem forte não engana uma mulher, pois ela sabe que sua fortaleza é só na aparência. Por dentro, são frágeis e submissos, e se tornam joguetes quando apaixonados.

Não perdoava Cleonice. Era mulher, sabia que quem deve romper um compromisso perigoso e sem futuro é a mulher. Não estava diminuindo a culpa de Júnior nem querendo amenizar seu erro, Josué era também seu irmão e merecia seu amor e respeito. Os dois tinham trilhado um caminho proibido: Cleonice pelo casamento e Júnior pelo parentesco. *Acorda, Luciana*, sua voz interior a cutucou. O que você pode fazer para modificar o que já acredita que aconteceu? Pode se adiantar e chamar seu irmão à razão? E Cleonice? Que tipo de argumento usaria para iniciar o assunto? E se fosse tudo criação de sua mente? Era um caminho sem volta, arranjaria dois inimigos.

Pensou em conversar com Bento. Seu noivo era ponderado, tinha mais experiência de vida e poderia apontar uma solução. Solução para um problema ou para acalmar suas suspeitas? Afastou essa ideia maluca da cabeça, nada de levar para Bento uma suspeição sem ter certeza nem prova. Se realmente queria ser útil e amiga do irmão deveria chamá-lo para uma conversa franca. Ele não negaria se fosse verdade, Júnior sempre pautara sua vida pela sinceridade em tudo que falava e fazia. Mas não correria esse risco sozinha. Precisava de ajuda. Com a mãe não podia contar, pois criaria um escarcéu. Josué, o filho querido, seria canonizado, enquanto o outro filho e a nora seriam demonizados, e até se sentiria obrigada a concordar com a mãe. Josué fora vítima de uma trama perversa, mas estava longe de se tornar um santo por conta disso. Júnior tampouco merecia a pecha de malvado por ter se enrabichado pela cunhada insinuante. Sobraria para Cleonice, o capeta de saias.

Balbina deveria ser poupada de qualquer participação no assunto, para o bem de todos. Teria que tomar cuidado, pois Cleonice iria visitá-la. Resolveu telefonar para cumprimentar a cunhada, mas o celular estava fora de área ou desligado, ouviu ao primeiro toque. Tentou a loja, mas ela havia saído e não voltaria naquele dia. Talvez estivesse em uma das filiais. Tentou várias vezes, e por fim desistiu. Se o celular estava desligado ou fora de área, ela decerto não estava trabalhando. Para dirimir suas dúvidas ligou para o irmão. Por coincidência, o celular dele também estava desligado ou fora de área de cobertura.

Foi se encontrar com Bento. Jantaram, e pela primeira vez fizeram amor na casa dele. Achou um pouco estranho, mas quando terminaram ficaram conversando, e ela foi se acostumando ao ambiente, seria sua casa dentro de alguns dias. Depois ele a levou para casa, onde Balbina a esperava, ainda acordada:

— Pensei que não fosse voltar mais para casa.

Luciana foi educada:

— Estou me preparando para casar, ou se esqueceu? Dentro de mais alguns dias não terá que me esperar, pois não estarei morando aqui.

Balbina queria conversar:

— Isso eu sei, mas ainda continua solteira e não se mudou. Depois do casamento sei que vou ficar sozinha. Será que você virá me visitar?

Luciana resolveu aliviar a conversa:

— Claro que sim, se possível todos os dias. Ninguém vai deixar a senhora sozinha, mas tenho direito de ter a minha vida, cuidar de meu marido, não acha?

Balbina estava amarga:

— Velha fica imprestável. Tem mais é que morrer logo. Falou com Cleonice para me telefonar?

Luciana não tinha conseguido. Antes que a conversa desandasse para choradeira, pegou o telefone e foi se sentar perto da mãe. Cleonice atendeu ao primeiro toque. Havia chegado fazia pouco tempo. Estava tudo bem. Tinha ido visitar as filiais e se atrasara por causa do trânsito. Agradeceu, disse que estava muito feliz. Queria falar com a sogra antes de desligar. Luciana passou o telefone para a mãe. Não ouviu o que as duas conversaram, preferiu ir para seu quarto se aprontar para dormir.

Perguntou à acompanhante da mãe se estava tudo bem, se ela tinha passado bem o dia, se haviam passeado na pracinha. A mãe se recusara a sair e dormira a tarde inteira. Voltou à sala. Balbina continuava conversando com Cleonice. Sentou-se novamente e procurou entender o que conversavam. A campainha tocou. Era Júnior, em sua visita habitual. Luciana fez-lhe sinal de que Balbina falava com Cleonice. Ele ficou sério, atento ao que a mãe falava. Balbina se despediu:

— Estou esperando. Até amanhã. Para você também.

Luciana estava curiosa:

— Que conversa comprida. O que vocês duas tinham tanto para falar?

— Conversa de nora com sogra. Não interessa para mais ninguém — e mudou de assunto. Queria saber se Júnior tinha notícias de Josué. Júnior negou, balançando a cabeça.

Balbina continuou falando, contou que Cleonice teria uma menina, que Josué estava feliz e a acompanhara à clínica para o exame. Queria saber se os dois iriam telefonar para o irmão cumprimentando-o pela filha que ia nascer. Júnior olhou para Luciana, como se fosse uma obrigação somente dela.

— Vou ligar amanhã e acho que você também deve ligar.

Júnior se remexeu na poltrona, mas não disse nada. Estava sério e compenetrado, diferente da alegria que demonstrara quando lhe dera a notícia na fábrica. *Como os homens podem ser tão bobos*, pensou, enquanto o observava mais atentamente. Júnior perguntou à mãe se ela estava bem, se havia saído, se estava feliz em finalmente ter uma netinha por perto. Balbina não estava tão animada com a chegada da netinha como esperavam. Recebera a notícia com serenidade. Os irmãos pensavam, mesmo sem terem conversado a respeito, que a mãe faria um estardalhaço porque a filha era de Josué. Teriam se enganado ou ela estava guardando algum segredo?

Júnior ficou pouco tempo, alegou cansaço e despediu-se da mãe. Perguntou se correra tudo bem na fábrica na sua ausência. Luciana olhou-o demoradamente e não respondeu. Ele não insistiu. Luciana quase o convidou para conversarem a sós. Mas mudou de ideia, seria difícil com Balbina por perto. Antes de fechar a porta, perguntou:

— Amanhã podemos conversar lá na fábrica?

27.

Júnior dormiu mal. O dia fora pesado. O encontro com Cleonice mexera com seus nervos. Buscou uma bebida forte para relaxar antes do banho. Precisava pensar e decidir que rumo tomar na vida. Pensou em sair para andar pela Savassi, mas desistiu. Não conseguiria colocar os pensamentos em ordem com o barulho dos bares, as conversas animadas e as risadas de mulheres bonitas e perfumadas que enchiam a noite e alegravam o ambiente. Em casa teria o sossego e o silêncio de que precisava. As emoções que vivera naquele dia o tinham levado à exaustão física. O cansaço emocional já se instalara há muito tempo.

A relação com Cleonice era cheia de altos e baixos. Um dia era uma suspeita, no outro uma briga por ciúmes. Desde que engravidara, Cleonice tinha se tornado uma mulher possessiva e dominadora. Antes era doce e terna, submissa a tudo que desejava. Bastava dizer que gostaria que ela vestisse essa ou aquela roupa e no próximo encontro ela aparecia exatamente como ele pedira. Por fim, não precisava nem pedir. Ela parecia adivinhar seus desejos. Agora estava ácida e irritável. Deu o desconto. A gravidez mexe com o metabolismo, desequilibra os hormônios, faz a mulher ficar mais sensível a se ofender por qualquer comentário menos cuidadoso. Passou a evitar qualquer atitude que pudesse aumentar o quadro de instabilidade da amante. Falava pouco, o que acabou por irritá-la; acusou-o de não amá-la mais, de estar cansado da relação, de se esconder atrás do silêncio em que se refugiara ultimamente.

Antes de cada encontro, Júnior fazia uma reserva mental de paciência, que nem sempre era suficiente. Também tinha seus dias ruins, embaraços normais na vida de todo industrial. Controlava-se para não dividir suas preocupações com Cleonice, que, além de amante, era também sua sócia e interessada no sucesso dos empreendimentos. No dia anterior, quando saíra apressado para buscá-la no estacionamento, ela estava feliz. A notícia de que teria uma menina parecia ter mexido com seu tesão, entregou-se com desusado prazer. Depois de uma briga, a novidade da chegada de uma filha dera ao encontro um tempero novo. Depois de aplacarem seu desejo, sentaram-se abraçados e continuaram se beijando. Ela fazia planos de como vestiria sua primeira filha e imaginava se nasceria parecida com ela ou com o pai, mas o assunto descambou para uma discussão. Júnior, num momento impensado, falou o que não devia:

— Qual deles? Eu ou seu marido? — Cleonice foi para o banheiro e se trancou.

Podia ouvir os soluços dela. Deu-se conta da besteira que fizera. Não tinha conserto. Quem pensa e fala sem se controlar tem que suportar as consequências. Deixou que ela se acalmasse sozinha. Qualquer interferência seria inútil. Sabia que naquela tarde não seria perdoado. O encontro, que tivera um início promissor, desandara por completo. Havia feito planos de conversar seriamente com a amante, compartilhar sua solidão e o abandono em que vivia, o que andara descobrindo sobre seus sentimentos e a urgente necessidade de tê-la mais presente em sua vida. Mas diante da novidade, que de novidade não tinha nada — afinal, ou seria menina ou seria menino — desistiu.

Tinha compartilhado da alegria de Cleonice, a dividira com sua irmã, achava até que tinha exagerado. A natureza não oferecia outra possibilidade, pelo menos durante a gestação. As opções de uma gestação são apenas essas: fêmea ou macho. Fora disso, somente a dolorosa anormalidade. Esperava não ter despertado alguma curiosidade na cabeça de Luciana, imaginou se ela questionaria seu comportamento. Seria desagradável, difícil se livrar da aguçada percepção da irmã.

Na casa da mãe, Luciana tinha dito que queria conversar, o que lhe pareceu uma intimação disfarçada. Conversariam, mas ele nunca confessaria o romance com Cleonice. Era um segredo que não lhe pertencia inteiramente. Um segredo que envolve mais alguém corre duplo perigo de ser descoberto. Atos falhos não são raros, e ele fora vítima de um. Ninguém comemora a descoberta do sexo de uma criança senão os próprios interessados. Tinha sido infantil ao participar à irmã que Cleonice esperava uma menina. Que importância isso teria para ele se não fosse o pretenso pai? Confiar apenas no instinto de Cleonice não lhe parecia suficiente. Ela juraria de pés juntos e até ajoelhada no milho que a filha era dele, e não do marido.

Júnior era um homem minimamente informado, sabia da impossibilidade de ter certeza senão por exame. Deixar a fantasia prevalecer sobre a realidade era uma tolice em que não pretendia insistir. Não se atropela os acontecimentos. Teria que cumular-se de prudência para não incorrer em comentários indevidos, e só fazê-los após uma minuciosa análise da razão. Prometia-se aplicar na vida particular o que já praticava com sucesso na vida comercial. Tudo o que dizia era analisado com antecedência.

A noite maldormida, povoada de pesadelos, o fez acordar sem ânimo. O mal-estar o acompanhou até a fábrica. Tomara Luciana tivesse se esquecido da conversa que solicitara. Estaria ocupado demais para atendê-la na parte da manhã, tinha preparado a desculpa com antecedência, caso ela cobrasse. Não queria enfrentar sua irmã, não conseguiria fingir, estaria mentindo quando negasse qualquer envolvimento com Cleonice. Estava convencido de que o assunto era esse. Aprendera a sonegar informações, a dizer somente o que interessava em seus negócios, mas não tinha aprendido a mentir — uma arte difícil, ou a pessoa já nascia mentirosa ou precisaria aprender com muita perseverança. Nunca se preocupara em mentir ou dizer a verdade, já que a verdade brotava naturalmente e a mentira dependia de elaboração interior.

Como já esperava, Luciana veio até sua sala. Perguntou

se estava bem, pois parecia cansado. Disse que dormira mal e estava assoberbado de trabalho, mas teria alguns minutos para ela.

— Minha conversa com você pode demorar. Quer deixar para depois? — disse a irmã, dando-lhe a saída ideal.

— Se não for urgente, poderia ser em outra hora? Se não for muito importante. Preciso sair para ir ao banco.

Luciana ficou decepcionada, mas disfarçou:

— Urgente não é, mas acho importante — saiu em seguida e foi cuidar de suas obrigações.

Júnior ficou aliviado, mas tratou de sair logo para reforçar a urgência de ir ao banco. Zanzou pelo quarteirão. Não tinha nada para fazer senão ligar para Cleonice. Ela atendeu, mas estava dirigindo, logo que estacionasse retornaria a ligação. Entrou em uma lanchonete longe da fábrica e pediu um refrigerante. Não queria comer nada, agradeceu à atendente. Foi se sentar no fundo da loja. O refrigerante acabou logo, não queria beber mais. Cleonice não ligava. Foi ficando nervoso, sem lugar.

As ruas do bairro eram sujas e havia pouco movimento. Somente os caminhões de entrega trafegavam na região. O bairro era ocupado por pequenos industriais como ele, galpões se multiplicavam um ao lado do outro. Havia poucas casas residenciais e muitos bares onde se vendiam pratos feitos, a preços populares. Poucas agências bancárias, mas com policiamento reforçado. Na hora do almoço as ruas começaram a se movimentar. Operários sentavam-se debaixo de marquises e abriam suas marmitas. Na frente dos bares os mais afortunados, que podiam pagar uma refeição quente, formavam pequenas filas. Os pratos vinham tão cheios que a comida transbordava, os operários famintos comiam depressa, sem mastigar. Dividiam cervejas e litros de refrigerantes. Esvaziavam tudo e depois ficavam conversando sobre futebol e mulheres, até que o apito das fábricas os chamava para o turno da tarde.

Júnior observava tudo e comparava a vida deles à sua, cheia de conforto e restaurantes caros. Seriam felizes? Teriam mulher e filhos esperando no fim do dia? Vivera um pouco dessa experiência quando criança. Seu pai era um operário, embora nunca tenha tido um emprego fixo. Quando trabalhavam longe de casa o dia inteiro levavam suas marmitas, comiam no local em que estavam trabalhando e retornavam felizes no fim do dia.

Uma saudade enorme o invadiu. Seu pai deixara boas lembranças, de uma vida simples, mas alegre. Era um sonhador, o velho Baltazar. Nunca reclamara de nada, mesmo quando escasseavam as encomendas e consertos de móveis. Vivia a vida que escolhera. Quando finalmente ele conseguiu montar a primeira oficina, achou que o pai tinha murchado. Não deixou de trabalhar, mas não sorria com tanta frequência. Deve ter morrido triste, pois perdera a liberdade de fazer o que gostava.

Júnior não se arrependia de ter mudado o curso de sua vida e de toda a família. Tinham conforto e tranquilidade. Falta-lhe paz, uma paz que não sabia como encontrar. Voltou à fábrica, mas Luciana já tinha ido almoçar sozinha. Remexeu alguns papéis sobre a mesa, esperou o encarregado retornar e perguntou se havia alguma coisa que precisasse de sua presença. Estava tudo bem. Fechou a porta da sala e saiu de carro, deixando um bilhete para Luciana. Não retornaria na parte da tarde.

Cleonice não tinha retornado sua ligação, o que o deixou irritado. Odiava desatenção, especialmente da parte dela. Não era assim que a tratava. Estacionou na garagem do prédio e foi andando até a Savassi. Almoçou na praça de alimentação do shopping. O local fervilhava. Quase todas as mesas estavam ocupadas. Havia executivos engravatados, como uma placa de "gerente de banco" estampada na testa, advogados com ternos escuros e escudo na lapela, estudantes com suas mochilas vestindo bermudas e camiseta, uniformes próprios da idade e para o verão. Muitas mulheres: jovens, maduras e velhas. As jovens, entretidas com seus celulares modernos, pouco conversavam entre si, mais interessadas em receber e enviar mensagens. Chamavam a atenção pelos shorts curtos, camisetas justas e barriga à mostra. Muito novas e esbanjando sensualidade. Levantavam os olhos para varrer o ambiente à procura de gente interessante, mas não mostravam interesse nos jovens que ocupavam as mesas mais próximas. Os olhares de cobiça da turma masculina eram solenemente ignorados.

O que teria havido com a juventude de hoje que não se interessava pelo sexo oposto? — Júnior se perguntava, sem atinar com uma resposta para satisfazer sua curiosidade. Enquanto os jovens se reuniam com o intuito de apenas conversar, os mais velhos pareciam mais atentos. Homens e mulheres trocavam olhares e sorrisos contidos, observavam com interesse tudo o que se passava no ambiente. *Um lugar de paquera,* concluiu Júnior. Terminou de almoçar e andou em direção ao piso dos cinemas. Olhou os cartazes e conferiu os horários. Dava tempo de tomar um café. Sentou-se em um banquinho e ficou esperando ser atendido.

— Expresso ou comum?

— Expresso — disse à garçonete.

— Mais alguma coisa?

— Uma água mineral sem gás — completou o pedido.

Olhou à volta. Queria uma companhia para conversar, mas não se atreveu a se aproximar de ninguém. As mulheres desacompanhadas lhe pareciam distantes, mais interessadas nas roupas das vitrines. Não era seu dia de sorte. Comprou ingresso para o filme que pretendia ver, ficou quase duas horas entretido com as aventuras dos personagens. Não gostou tanto, mas descansou sua mente, parou de pensar nos problemas que o afligiam. Quando terminou, ainda era muito cedo para se enfurnar em casa.

Procurou um bar sossegado para beber um chope. Não era uma bebida que lhe agradava, mas serviria para preencher sua tarde. Quando a noite começou a envolver tudo e todos nas sombras, as ruas começaram a se encher de gente cansada e com pressa de chegar em casa após um dia de trabalho. Largou o chope de lado e pediu um uísque com gelo. Embebedou-se rapidamente. Não aceitou a segunda dose.

Olhou o celular com raiva. Cleonice ainda não retornara a ligação. Foi caminhando até em casa. Estava zonzo, embora mantivesse os passos firmes. Pensava apenas em dormir. *Se pudesse,* não acordaria nunca mais, foi seu último pensamento antes de tirar os sapatos e se jogar sobre a cama. Não teve ânimo sequer para vestir uma roupa mais confortável. Acordou durante a noite e vomitou no piso, não teve tempo de correr até o banheiro. O cheiro azedo inundou o ambiente. Levantou-se foi terminar a noite no sofá da sala.

28.

Cleonice passou a tarde conversando com Balbina. A acompanhante ficou longe, por ordem da dona da casa, só aparecia quando Balbina chamava. Sogra e nora conversaram por longo tempo. O assunto parecia não ter fim. Quando chegou a hora da medicação, a acompanhante chegou à porta. Balbina fez-lhe sinal para entrar e mandou que preparasse um lanche. Contou para Cleonice que o remédio era para afinar o sangue. De manhã tomava outro para controlar a pressão. Estava bem, pois não sentia nada. Apenas muita solidão e falta de pessoas interessantes para conversar. Sobre o que falaram, juraram guardar segredo pelo resto de suas vidas.

Balbina havia chorado, foi a única informação que Luciana conseguiu por intermédio da acompanhante, que enquanto servia o lanche observara os olhos injetados de Balbina. O nariz continuava vermelho e as mãos tremiam ligeiramente. Pediu à Luciana para pelo amor de Deus não dizer que ela tinha contado. Não podia perder o emprego.

Luciana prometeu não tocar no assunto. Decidiu que nem para o irmão diria nada. Estava cada vez mais certa do envolvimento dele com Cleonice. Será que a maluca da cunhada contara para Balbina que mantinha um romance com Júnior? Balançou a cabeça com incredulidade. O que estava pensando era uma loucura sem sentido. Balbina nunca ouviria um disparate desses sem ter uma reação violenta. Seu filho Josué não seria vítima da traição de nenhuma mulher, não merecia ser jamais enganado. Luciana afastou da mente o absurdo que por um instante anulara sua razão.

Mas... Por que Balbina tinha chorado? O que Cleonice poderia ter aprontado, inventado ou feito que a magoara a ponto de arrancar-lhe lágrimas? Conhecia melhor sua mãe do que qualquer outra pessoa. Era uma pessoa dura, moldada no sofrimento que a vida de pobre havia lhe infligido. Chorava, mas de manha. As dificuldades para criar sete filhos, suportar um marido sem emprego fixo e as incertezas do dia a dia, sem saber se no dia seguinte teriam dinheiro para comprar comida a tinham tornado uma mulher impermeável às emoções menores. Somente uma grande tragédia, um acontecimento tormentoso ou a perda de um filho seriam capazes de abalar sua serenidade a ponto de fazê-la desabar.

Luciana admirava a força de sua mãe, sua fibra inquebrantável, custava-lhe acreditar que tivesse se descontrolado. Não atinou com uma maneira de descobrir o que poderia ter afetado a mãe a ponto de demonstrar sua fragilidade, especialmente frente à nora que rejeitara desde o primeiro dia, e a quem chamara de "espevitada". Se a mãe mantivesse segredo sobre a conversa com Cleonice iria até a cunhada e exigiria uma explicação. Gostava dela, mas gostava da mãe ainda mais. Não é porque se estranhavam de vez em quando que deixava de amá-la.

Com essa disposição, ficou conversando com Balbina até tarde da noite. Ela contou que recebera a visita da nora, tinham conversado longamente, que Cleonice devia ser uma esposa muito carinhosa com seu filho. Cleo contara sobre o namoro, como eram companheiros. Nas palavras de Balbina, não economizara elogios ao marido. Luciana entendeu que Cleonice fizera bem o seu papel, endeusara o filho mais querido de Balbina. Qual mãe ficaria insensível ao ouvir louvores às qualidades de seu filho, como marido e, em breve, pai?

Cleonice lambuzara de mel os lábios da sogra. Precisava reavaliar seus conceitos sobre a cunhada; era muito mais inteligente do que ela supunha e certamente uma raposa matreira. Não podia afirmar que era falsa, mas com certeza sabia manobrar as pessoas para ser bem-vista e admirada, sem sombra de dúvida. Cleonice soubera conquistar Balbina, sua mãe estava inteiramente enfeitiçada pelos encantos da nora, assim como seu irmão Júnior se tornara refém de sua vontade. Cleonice se tornara uma mulher perigosa, agora muito mais forte devido à aliança com Balbina. Esperava que Júnior se livrasse de suas garras o mais rápido possível. Era urgente que conversasse com o irmão francamente, pois se convencera de que os dois estavam envolvidos há muito tempo.

Júnior não veio ver a mãe após o trabalho, hábito que cultivava desde que se mudara para seu apartamento. Luciana acompanhou a mãe até o quarto e esperou que dormisse para telefonar para o irmão. Ele não atendeu. Ela o surpreenderia de manhã, antes que saísse para trabalhar. Acordou muito cedo, com o dia ainda amanhecendo. Aprontou-se antes que a mãe acordasse, tomou café na cozinha e foi até o apartamento. O porteiro disse que o carro estava na garagem, Júnior devia estar dormindo. Ela acionou a campainha até que ele atendeu. Quando viu o irmão, abraçou-o e começou a chorar.

Nunca vira Júnior em estado tão deplorável. Um cheiro forte chamou sua atenção quando passou pelo corredor para levá-lo à porta do banheiro. O vômito havia se espalhado pelo quarto e escorrido até o corredor. Buscou panos, desinfetante, vassoura e rodo na cozinha. Quando Júnior finalmente saiu do banheiro o quarto já estava limpo, embora o cheiro de azedo ainda contaminasse tudo. A janela estava aberta, mas não estava adiantando muito. Foi preparar um café forte para reanimá-lo. Pediu-lhe que fizesse a barba e vestisse uma roupa limpa. Júnior obedeceu docilmente ao comando da irmã. Estava apático, sentia o corpo destruído pela bebedeira idiota. Maldizia os tira-gostos que comera no bar.

Quando voltou à sala já encontrou a irmã sentada. Sorveu o café em silêncio e aceitou sem questionar o comprimido que ela lhe deu.

— É para aliviar a dor de cabeça — explicou Luciana.

Com o irmão arrasado pela ressaca ficou mais fácil iniciar a conversa, embora não tanto abordar o assunto que a trouxera até ali. Luciana encheu-se de coragem. O lugar do irmão na família inspirava respeito, ele era o chefe. Júnior rompeu o silêncio, antes que ela falasse:

— Não é difícil adivinhar o que quer me perguntar.

Em seguida, sem dar chance à irmã, começou a falar da solidão em que estava vivendo. Disse que não se divertia, não cultivara amigos, não viajava nem tinha namorada. Isso estava acabando com ele. A solidão era má conselheira, estivera a ponto de envolver-se em uma aventura que tinha tudo para dar errado, mas recuara a tempo. Começou a se apaixonar por Cleonice e a convidara para sair, mas ela, felizmente, recusara o convite, e isso o fizera acordar para a tolice que iriam cometer. Chegaram a almoçar num restaurante, mas ele a levou de volta para a loja e ficou tudo por isso mesmo. Respeitava Josué profundamente, assim como o lar que construíra. Não faria nada que pudesse magoá-lo, por mais atraído que estivesse por Cleonice. Se fosse somente isso o que Luciana queria saber, estava respondido.

Júnior disse ainda que ficara lisonjeado com a preocupação dela, mas que ela podia tirar qualquer suspeita de sua mente. Ele e Cleonice eram bons amigos, ele a admirava como mulher empreendedora e a respeitava como esposa de Josué. Não deu chance a Luciana para retrucar. Levantou-se e perguntou se ela queria uma carona até a fábrica. Luciana disse que precisava passar em casa novamente. Contou que Cleonice visitara sua mãe no dia anterior e ficaram conversando durante a tarde. Júnior não se interessou, ou fingiu não dar importância. Luciana estranhou. Júnior não era assim, normalmente teria perguntado o que ela tinha ido fazer na casa da mãe, interessava-se por tudo o que acontecia com a mãe ou que a envolvesse.

Estava mentindo descaradamente. Como ele adivinhara que o assunto da conversa seria Cleonice? Ou teria sido traído pela consciência pesada? Mas como há segredos que é melhor que fiquem ocultos, ela não iria mais tocar no assunto. Cuidaria de seu casamento, que era o que mais importava no momento. De que adiantaria se fosse verdade o que até então era simples suspeita? O que ela poderia fazer? Nada, com certeza. Quem está apaixonado não ouve nada além do que lhe dita o coração.

29.

Antes de contar para Cleonice o que ouvira de Luciana, Júnior queria saber o que ela fora fazer na casa de sua mãe. Que tipo de amizade ela queria cultivar com a sogra, se já deixara evidente mais de uma vez que não gostava dela? Na verdade, Balbina é que iniciara as hostilidades. Recordava-se da primeira vez em que ela aparecera com Josué, sua mãe a chamara de espevitada e outros nomes. Não devia ter ficado somente nisso. Conhecia a mãe e sua capacidade de espezinhar as pessoas, apelidá-las de forma ofensiva, pela singela razão de não ter gostado de como se vestiam, como falavam, ou porque não simpatizava e pronto. Qualquer motivo bastava para Balbina humilhar as pessoas de quem não gostava. A ironia fora sempre sua arma mais mortífera.

A visita de Cleonice à casa de sua mãe lhe parecera estranha e inoportuna. Ficara profundamente envergonhado de ter negado o envolvimento com Cleonice. Luciana confiava nele, e o que fizera certamente fora errado. A visita fora inesperada, ele acordara com a insistência da campainha. Ela poderia ter esperado para conversarem na fábrica, quando ele estivesse totalmente refeito da bebedeira da noite anterior. Ficara desorientado ao ser surpreendido em situação humilhante, o quarto vomitado, a casa fedendo a azedo, uma vergonha sem tamanho.

Luciana foi incapaz de tocar no assunto. Limpou tudo e estendeu os panos de chão no varal para que a diarista não percebesse a sujeira que havia aprontado. Precisava pedir-lhe desculpas ou comprar-lhe um presente. Poderia ter esperado para ouvir o que ela pretendia perguntar. Precipitou-se infantilmente. E se não fosse esse o assunto que queria dividir com ele? Perdera--se na explicação, negara o que ela talvez nem desconfiasse ou que nunca lhe passara pela cabeça. Luciana era inteligente. Depois do que inventara, negando qualquer envolvimento, a irmã concluiria facilmente que não estava errada. A credibilidade que obtivera ao longo do tempo sucumbiria diante de sua confissão apressada. A relação deles era por demais evidente para quem fosse atento às suas atitudes, à atenção que dispensava a Cleonice. Estaria dora-vante pisando em terreno perigoso. Qualquer passo em falso ou descuido e o segredo dos dois viria à tona.

Júnior ligou seguidamente para o celular da amante. Ela o estava enlouquecendo com sua indiferença. A aproximação dela com Balbina, que cheirava a tramoia, de um lado ou de outro, o deixara transtornado. A mãe nunca o perdoaria, nem a ela, se soubesse do romance proibido. O amor que dedicava a Josué não a deixaria sem reação. A hipótese de ela ter contado a Balbina sobre eles estava totalmente descartada.

Mas que outro assunto seria tão importante que fizera Balbina receber Cleonice em sua casa? Luciana contou que as duas tinham conversado em segredo durante toda a tarde, sem a presença da acompanhante. Precisava saber mais detalhes, mas não tinha intimidade com a acompanhante da mãe. Pedir a Lu-ciana, depois da surpresa que lhe aprontara, estava fora de co-gitação. Devia ter perguntado quando estavam em seu aparta-mento. Voltar ao assunto agora pareceria suspeito, não podia se mostrar interessado numa conversa de Cleonice com sua mãe. Bastava uma tolice por dia.

Cleonice ligou no final do dia. Não se desculpou por não ter atendido suas chamadas insistentes. Ele resolveu não pergun-tar, estava feliz por falar com ela. Bastava ouvir sua voz que ele des-montava. Ela queria vê-lo à noite. Ele se espantou. Como isso seria possível? Ela parecia estar tranquila, mas com pressa. Contaria mais tarde o que estava acontecendo. Completou com um sussurro:

— Eu te amo.

Júnior saiu da fábrica depois dos empregados. Disse para Luciana que talvez não fosse ver a mãe, iria jantar com um fornecedor importante, fato surpreendente, pois se almoços de negócios eram comuns, um jantar nunca havia ocorrido. Não quis pensar no assunto, mesmo porque não tinha nada com isso.

Anoitecia quando Júnior chegou para apanhar Cleonice no estacionamento. Quando a viu à sua espera, achou-a mais linda do que quando a vira pela primeira vez. Estava com saudades, e a luz mortiça do dia que findava o despertara para o romantismo dos encontros noturnos, em que amantes e namorados se entregam inteiramente. Estava estranhamente feliz, pois as escapadas à tarde o incomodavam, perturbavam seu apego ao trabalho. Era como se estivesse tirando parte de sua vida produtiva, uma obrigação que deveria ser cumprida no horário comercial. A noite sempre lhe parecera mágica, momento próprio para os que amam usufruírem os prazeres da intimidade, os corpos cansados da labuta diária. Era o prêmio que recebiam após o cumprimento das obrigações cotidianas.

A novidade o agradou. Sentiu o perfume de Cleonice e a beijou suavemente. A escuridão do estacionamento convidava a uma carícia que a claridade do dia nunca permitiria.

— Cuidado — advertiu Cleonice, docemente — podemos ser vistos.

Ele se inclinou e a beijou novamente. Ela retribuiu, e pediu para irem a um restaurante discreto, cujo nome indicou. Júnior sabia onde era. Gostava de lá. Havia uma diminuta pista de dança e música intimista.

Quando se acomodaram, ela o beijou e disse que ficaria com ele até as dez. E se adiantou:

— Sei que está curioso. Tenho muitas novidades para contar, mas são notícias boas, não se preocupe. Amanhã nos encontraremos à noite para fazer amor. Sua vontade vai ser maior. Reservei a noite de hoje apenas para conversar, ouvir música e comer bem. Também quero fazer amor, mas prefiro esperar até amanhã — beijou-o novamente e pediu ao garçom o cardápio e uma garrafa de vinho.

Júnior corrigiu:

— Meia garrafa, por favor. Vou tomar água. Estou dirigindo.

Cleonice estava sorridente e relaxada. Júnior estava inquieto. Fizera planos diferentes, a desejara desde que ouvira sua voz o chamando para sair. Mas queria ouvir o que ela tinha para contar. Durante o jantar, a curiosidade foi cedendo lugar à impaciência.

Doravante, ela disse, se encontrariam em horários que escolhessem. Não podia dormir com ele a noite toda, "por enquanto", fez questão de acrescentar. Poderiam passar dois fins de semana fora, viajar ou ficar no apartamento dele. Cleonice não esperou a comida chegar. Bebeu o vinho sem se preocupar se ficaria mais alegre ou não. Claro que ficaria alterada. Ele já a conhecia o suficiente para saber que era fraca para bebida.

As notícias não pararam aí. Disse que poderiam ir ao cinema e ao teatro juntos, quando quisessem. Júnior estava irrequieto, não estava entendendo o que acontecera na vida pessoal de Cleonice, mas não queria interromper. Será que ela havia se separado do irmão? Esperou com ansiedade. Por fim, ela contaria o mais importante: a separação definitiva de Josué. Era com isso que sonhava há longo tempo, mas não se atrevera a sugerir. A decisão teria que partir dela ou do marido. Quem teria proposto a separação?

Convidou-a para dançar enquanto esperavam a comida. Nunca haviam dançado antes, exceto alguns passos em diminutos quartos de motel. A pista era acanhada, somente os dois se aventuraram em usá-la. Dançaram de rostos colados, ele aspirando o suave perfume do cabelo de Cleonice. Sonhava com a nova vida que se avizinhava, quando menos esperava. Quando o garçom se aproximou discretamente, entenderam que o jantar já poderia ser servido. Levou-a para a mesa carinhosamente.

Ela pesava em seu braço. O vinho fizera efeito. Saborearam a comida vagarosamente. Quase no fim, Júnior não se conteve:

— Posso saber o que realmente aconteceu?

Quando Cleonice esvaziou a taça de vinho, Júnior pediu-lhe para não beber mais. Não sobrara nada na garrafa, mas ela concordou. Ele pediu uma explicação que o aliviasse da expectativa em que se encontrava desde o momento em que soubera que sairiam à noite.

Cleonice disse apenas que fizera um acordo com o marido. Não haveria separação, nem falaram nessa hipótese. Ele pensou que ela estava fazendo uma brincadeira, de intenção duvidosa. Insistiu em saber a verdade. Cleonice repetiu que não havia mistério, nem separação à vista. Não estava escondendo nada.

Júnior, um homem de comportamento comedido e sempre cuidadoso no trato com a amante, estava ficando irritado, embora se controlasse. Sorriu, tomou as mãos dela nas suas carinhosamente. Beijou-as várias vezes e indagou com mais veemência:

— Vamos, não vá estragar nossa noite com misteriozinhos sem sentido.

Cleonice, já impaciente, foi ao banheiro. Quando voltou, disse:

— Júnior, nunca menti para você, aliás, mentir para mim é uma atitude abominável. Fiz um trato com Josué, assunto de marido e mulher, que não interessa a você nem a mais ninguém. Consegui minha liberdade de ter quem eu quisesse em troca de meu silêncio. Só isso. Não admito que me interrogue sobre assunto de minha intimidade e que envolve meu marido. Você já sabe que o motivo principal foi exatamente você, de quem ele nem remotamente desconfia. E assim vai continuar. Do mesmo modo que ele nada saberá sobre você, quem é e o que faz e o quanto é importante para mim, você tampouco saberá também sobre o que conversamos e porque decidimos fazer esse "arranjo", uma palavra que define melhor o que aconteceu. Aproveite o que vou lhe proporcionar de hoje em diante e não se preocupe em descobrir. Será melhor para nós dois. Fiz tudo por amor, amor a você. Pense o que quiser, mas sozinho, porque estou indo embora.

Saiu sem esperar que Júnior pagasse a conta. Ele saiu atrás dela e já a encontrou pedindo ao segurança que chamasse um táxi. Pegou-a pelo braço, deu uma gorjeta generosa ao rapaz e a levou para o carro. Dirigiu devagar, dando tempo para ela se acalmar e ficar sóbria. Quando a deixou no estacionamento, recebeu um beijo carinhoso e um afago no rosto. Cleonice não estava mais zangada. Perguntou se queria que a seguisse de carro até sua casa. Ela respondeu que sim, enviou-lhe outro beijo e um generoso sorriso. Estava feliz, sem dúvida, Júnior se convenceu, embora estivesse inteiramente perdido num emaranhado de dúvidas com as quais teria que conviver se quisesse manter Cleonice como sua mulher.

30.

O casamento de Bento e Luciana foi discreto, com poucas pessoas presentes, como haviam planejado. Josué e Cleonice serviram de testemunhas. Júnior e a mãe ficaram um pouco afastados. Depois da cerimônia, receberam alguns convidados em casa, com garçons servindo bebidas. Houve um serviço de petiscos frios dispostos em uma mesa enfeitada. A noiva cortou o bolo e serviu a si mesma e ao marido. Em seguida convidou os presentes a se servirem, auxiliados pelos garçons.

Cleonice cumprimentou a cunhada por sua habilidade em não homenagear ninguém. Falou em seu ouvido que assim seria feliz, lembrando-se primeiro dela e do marido. Balbina recusou a bebida e o bolo, e em seguida pediu a Júnior para levá-la embora, pois estava cansada. Só então beijou a filha e o genro, friamente. Júnior abraçou carinhosamente a irmã. Não conseguiu segurar a emoção e as lágrimas, que molharam o ombro de Luciana. Abraçou o cunhado e pediu-lhe que cuidasse da irmã como ele cuidara desde que o pai morrera.

Júnior e Balbina saíram discretamente, sem se despedir. Júnior sentira ciúmes ao ver Cleonice de braço com o marido. Haviam se encontrado na noite anterior, mas não tocaram no assunto que tanto o afligia. Cleonice o avisara, quando entrou no carro, que agradeceria muito se ele não fizesse perguntas para as quais já tinha respostas. Ele entendeu a mensagem, e se amaram como se nada houvesse acontecido no restaurante. Ela falou de seus planos para a filha, contou como estava sonhando com o momento em que veria seu rostinho. Tinha certeza de que se pareceria com ela, mas com alguns traços do pai. Abraçou o amante carinhosamente, como sinal de sua convicção. Queria que a filha fosse decidida como ela, mas tivesse a sensibilidade dele.

Júnior apenas sorriu, embora estivesse ansioso para saber por que ela tinha tanta certeza de que era dele a criança que daria à luz dentro de alguns meses. Acabou por compartilhar a alegria dela. Ficaram juntos até perto da meia-noite, ela inteiramente tranquila, como se fosse dona de seu próprio tempo e não tivesse a quem dar satisfação quando voltasse para casa. Júnior resolveu relaxar, esquecer as preocupações que sempre os acompanhavam em suas escapadas.

Cleonice havia mudado de um jeito tão estranho que Júnior chegava a duvidar de que fosse a mesma pessoa. Demonstrava tanta segurança que o assustava. Que segredo teria descoberto sobre o marido, a ponto de domá-lo e fazê-lo curvar-se à sua vontade? Não conseguia atinar com nada, e dela não obteria nenhuma pista. Quando a irmã retornasse da lua de mel, talvez pudesse descobrir alguma coisa. Por enquanto, o melhor era usufruir os momentos de prazer que ela lhe proporcionava, sem reservas. Nunca havia imaginado nem em sonhos que um dia teria Cleonice em seus braços sem se preocupar com horários e cuidados para não serem vistos, que ao menos no trabalho deveriam preservar.

Quando se encontraram no estacionamento, ela foi discreta. Explicou enquanto se deslocavam que deveriam evitar cair na boca de pessoas maldosas. Seriam discretos em público. Júnior concordou. Para ele seria embaraçoso que pessoas que os conheciam, e também a Josué, viessem a saber que ele namorava a cunhada, ou seja: traía o irmão descaradamente. Não poderiam aparecer juntos livremente, como lhe parecera em um primeiro momento. Os fatos estavam tomando sua forma verdadeira, e os colocando em uma situação de contida exposição pública.

Era melhor assim. Liberdade com limites. Ela passaria

o próximo fim de semana no apartamento dele, ou poderiam viajar para uma pousada próxima de Belo Horizonte. Ele podia escolher. Quando estivesse mais perto do parto, ela ficaria mais em casa, temia ser surpreendida por alguma emergência de última hora.

Júnior concordava com tudo. Só ficou sabendo que ela e o marido seriam os padrinhos de Luciana e Bento no dia da cerimônia. Luciana omitira o fato a pedido dela. Ele gostaria que não lhe fizesse esse tipo de surpresa, diria a ela no próximo encontro.

Com as noites livres para a amante, deixou de ver a mãe por alguns dias depois que saía da fábrica. Foi com ela ao casamento e depois a acompanhou até o apartamento, onde passou o resto da tarde e da noite. Precisava compensá-la por suas ausências. Balbina chorou muito quando ficaram sozinhos. Desabafou, disse que perdera uma filha, que agora só podia contar com ele.

Júnior tentou amenizar a solidão de Balbina, mas sentiu que Luciana ocupava um lugar que nunca seria ocupado por mais ninguém. Sabia que brigavam muito, mas se entendiam e se completavam. Luciana teria que se desdobrar para consolar a mãe e não se descuidar do marido. A empregada deixara preparado o jantar, que a acompanhante serviu quando Balbina pediu, quer dizer, não pediu propriamente, mandou que esquentasse e servisse, como era de seu feitio. Júnior não se intrometeu, apenas sorriu contrafeito para a acompanhante, como se pedisse desculpas. A moça apenas esboçou um pequeno sorriso:

— Já estou acostumada.

Balbina interpelou-a:

— Acostumada com quê?

Júnior achou que a mãe estava ultrapassando os limites. Com tato, depois do jantar, lembrou-a de que doravante ela teria que contar com a acompanhante e com a empregada. Que ninguém mais trabalhava num lugar em que não houvesse respeito, nem se pagassem muito bem. Balbina ouviu, mas não deu sinal de que se deixara convencer.

Ficaram conversando até mais tarde. Júnior deixou que a mãe reclamasse da vida que tivera com o marido, das agruras que tivera de enfrentar, e finalmente falou sobre Cleonice. Júnior se interessou. Balbina teceu elogios e mais elogios à nora, disse que felizmente Josué encontrara uma mulher em quem podia confiar, e para completar a felicidade do casal só faltava mesmo a chegada da filha.

Júnior puxou conversa para que a mãe continuasse falando sobre Cleonice. Não conseguira ainda entender a razão de sua súbita admiração pela mulher de Josué. O que fizera em tão pouco tempo para conquistar o coração e a mente de Balbina? Conhecia sua mãe como poucos filhos conhecem. Era autoritária, irônica, e o que mais sabia era achar defeitos nas pessoas. Para ela não existia ninguém perfeito. Qual o santo milagroso que conseguira domesticar Balbina e fazê-la passar a admirar a nora? Desde o primeiro encontro das duas, naquele almoço cheio de surpresas, Balbina antipatizara com a mulher do filho predileto. Como, de um momento para outro, tinham se tornado tão amigas?

Era inacreditável, mas os elogios da mãe não paravam. Cleonice era muito doce, educada, muito elegante. Cleonice não tinha defeitos. Júnior, até então se deliciando com os louvores da mãe sobre tudo que dissesse respeito à nora, achou que já era demais. Interrompeu a mãe e foi audacioso:

— Não te entendo, mãe. Até há pouco tempo Cleonice era a encarnação de tudo de ruim, não merecia seu filho, enfim, tratava-se de uma mulher perigosa. O que aconteceu de tão extraordinário, que a fez mudar de opinião?

Balbina se recompôs por alguns instantes, e rebateu:

— Não aconteceu nada. Apenas descobri que ela era diferente quando a conheci melhor. Não vejo nada demais em mudar meus conceitos sobre uma mulher que, felizmente, é minha nora. Por quê? Você não gosta dela?

Dessa vez foi Júnior quem ficou desconfortável. Não esperava que ela respondesse com tanta segurança, nem que lhe fizesse uma pergunta embaraçosa.

<figure>| 190 |</figure>

— Vamos mudar de assunto, mãe. Está tudo bem, já entendi.

— Não tem nada para entender. Gosto de minha nora, gosto de quem gosta de mim. Você não me respondeu. Por que não gosta dela? — Balbina estava zangada, exigia uma resposta.

Júnior coçou a cabeça. Pensou em desafiar a mãe, mas, para quê? Calmamente, e sem alterar a voz, contemporizou:

— Gosto muito de minha cunhada. Ela é uma sócia maravilhosa, e decerto deve ser uma mulher perfeita para o meu irmão. Pronto. Está satisfeita agora?

Balbina não respondeu. Estava zangada, seria impossível fazê-la se acalmar naquele momento. Júnior avaliou e resolveu que já estava na hora de ir embora. Tomou o rumo de casa perdido em interrogações e dúvidas de toda ordem. Fracassara em todas as suas tentativas de decifrar o segredo que sua mãe e Cleonice ocultavam com cuidadosa aliança. Só lhe restava Luciana, de quem não esperava muita coisa. Ela devia saber menos do que ele.

31.

Balbina recolheu-se ao quarto logo após o filho se despedir. Não seria ela quem contaria para Júnior o que Cleonice e ela tinham conversado reservadamente. Cleonice soubera de seu passado por uma indiscrição do advogado do pai de seu filho. Balbina sabia da existência desse advogado de inteira confiança, que cuidava dos negócios e investimentos do pai de Josué, pois Marlos se dedicava inteiramente à medicina, sua paixão desde a juventude. Talvez tenha sido essa qualidade que tanto a encantara, desde a primeira vez que se consultara com ele.

Nunca lhe passara pela cabeça que um dia uma pessoa estranha viesse a saber do segredo que escondera por tantos anos. Não se considerava uma mulher volúvel ou infiel porque se apaixonara pelo médico que cuidava de sua gravidez. Foi a única vez que pagou uma consulta a um médico particular, pois sempre se tratava com o médico que encontrava no plantão. Na gravidez de Luciana, passara muito mal. Tivera cólicas durante a gestação e até temera perder a criança. Depois do parto, convenceu o marido de que precisava de um especialista para evitar que engravidasse imediatamente e viesse a ter problemas. Sentira muito medo de perder Luciana no último mês, pois perto do parto perdera muito sangue. Não queria correr nenhum risco se engravidasse de novo.

Nessa época Baltazar ganhara um dinheiro extra com a reforma de uma sala de jantar, e não lhe negou o dinheiro para uma consulta particular. Ele era mão aberta quando tinha dinheiro no bolso, mas não se incomodava nem quando faltava comida em casa. Em um momento de fragilidade, ela contou ao médico seus receios. Ele a examinou, pediu exames de sangue e urina e marcou uma nova consulta.

Ela falou que não voltaria, nem sabia se faria os exames. O médico quis saber por quê. Ela foi sincera, como era de seu feitio:

— Não tenho dinheiro para pagar os exames, nem para uma nova consulta.

O médico a encaminhou a um laboratório conhecido, com a recomendação de que lhe enviassem a conta. Chamou a secretária e marcou a consulta seguinte com a recomendação de que não cobrasse, pois seria cortesia. Sem dar muita explicação, disse que era comum fazer isso com algumas pacientes que escolhia para ajudar. E desse modo foi assistida pelo Dr. Marlos Paranhos Cavalcanti, que se tornou pai de seu filho Josué.

Nunca conhecera outro homem além do marido. Foi uma paixão inexplicável. Foi se apegando ao médico à medida que ele a cumulava de gentilezas, atenções e carinhos que não tinha em casa, e ainda cuidava de sua saúde.

Quando se viu envolvida por Marlos, não demorou a engravidar. Ele era casado, mas não fora premiado com um herdeiro, confessou um dia a Balbina. Ela sentiu pena. Ele a marcava como última paciente do dia, sempre dava um jeito de ficarem sozinhos após a consulta, quando a secretária ia embora. Ela não sabia explicar como tudo acontecera, foi um amor que nasceu e tomou forma inesperada.

O marido era bom, mas desligado do mundo. Não ligava para pequenas coisas essenciais como um bom-dia, um carinho num momento inesperado ou um beijo de surpresa. Marlos lhe deu tudo isso no pouco tempo em que conviveram, a presenteava com bombons, flores e perfumes, e não deixava de dizer-lhe, todas as vezes que a via, que ela estava cada vez mais bonita. Observava que estava com um vestido bonito ou que a blusa que vestira no dia anterior realçara sua silhueta. Que mulher não gosta de ser elogiada?

Quando descobriu que engravidara, afastou-se imediatamente, nunca mais quis vê-lo. Mas quando Josué fez cinco anos, Marlos provocou um encontro. Foi esperá-la no Posto de Saúde, trocou de plantão com um colega. Queria notícias dela e do menino, saber se estava feliz e se Josué era saudável. Pediu-lhe que levasse o menino ao seu consultório para que ele pudesse vê-lo e conversarem.

Ela fez o que ele pediu. Josué ficou sabendo que seu pai era aquele homem vestido de branco a quem a mãe chamava de doutor. Desde então, tornou-se uma criança arredia, ausente das brincadeiras com os irmãos. Marlos continuou vendo o menino no consultório, sempre levado por Balbina, que não se animava a enfrentar uma situação que mudaria sua vida. Não admitia que seu segredo viesse à tona, morreria de vergonha do marido e dos outros filhos. Nunca permitiria que sua aura de mulher correta e fiel fosse manchada por um momento de fraqueza do qual se envergonhava. Manteria o segredo por toda a vida.

Josué, à medida que foi entendendo o que acontecera, se afastou cada vez mais dela e da família. A mãe tentou compensar seu erro dedicando-se ao filho de forma exagerada, dando-lhe atenção em excesso e se esquecendo dos demais, que conviveram muito mais com o pai, de quem se orgulhavam. Josué cresceu mimado pela mãe, o que o desagradava. Não sabia como se livrar disso a não ser contando o segredo dele e da mãe, mas tinha consciência de que provocaria uma tragédia familiar e receava que a mãe desse cabo de sua vida — um dia ele a ouvira dizer para o médico que se mataria se ele aparecesse e contasse para o marido e seus filhos que Josué era filho dele.

O menino gravou o que ouviu e nunca conseguiu afastar o temor de ver a mãe morta por uma indiscrição de sua parte. O medo do segredo da mãe ser descoberto o tornou uma pessoa diferente, amedrontada, com medo de tudo e de todos. Por causa de um erro inconsequente, pelo prazer de momentos de ternura e fantasia, Balbina tinha se entregado a outro homem. Sabia que colaborara para o comportamento doentio do filho, sentia-se culpada por ter destruído a infância e a juventude dele.

Durante meses, enquanto se negava ao marido, dizendo que o médico recomendara repouso e desaconselhara a atividade sexual, encontrava-se com Marlos toda semana. Mentira sem remorso, pois achava que o amava. Uma vez grávida, a vergonha sobrepôs-se à paixão e ao sonho de amor. Marlos Cavalcanti assistiu seu parto sem que Balbina soubesse: por meio de manobras no plantão substituiu o médico que estava escalado no dia.

Quando Cleonice lhe contou, com um sorriso conivente, que sabia do segredo que guardava há muito tempo, Balbina quis negar. Mas a nora estava bem informada, não admitiu ser desmentida. Soube por Cleonice que Marlos tinha morrido e deixado um legado para Josué, o que explicava a súbita prosperidade do casal. A nora foi muito segura e sincera quando afirmou que não tinha intenção de revelar seu segredo para ninguém, ela poderia dormir sossegada. Não a trairia jamais, nem a ela nem ao marido.

Josué sabia que planejara ir visitá-la. Mas não sabia que ela iria revelar ter descoberto a aventura amorosa de sua mãe, ela só contaria ao marido depois de firmar um pacto com Balbina. Era uma mulher que sabia guardar segredos, Cleonice reafirmou, pois acreditava que onde há amor tudo é perdoado. O amor é o sentimento mais forte do ser humano, nada é capaz de torná-lo feio ou reprovável. Entendia perfeitamente o que Balbina vivera e tinha certeza de que fora um amor bonito e sincero. Achava que ela estava perdoada, desde o dia que terminara o relacionamento e se dedicara ao marido e aos filhos.

— Onde há amor não existe o pecado — reafirmou para uma assustada Balbina. — Tenho convicção disso — acrescentou, beijando o rosto molhado de lágrimas da sogra. Abraçou-a carinhosamente e a consolou do sofrimento de ver seu segredo compartilhado com uma mulher que odiara desde o primeiro dia.

Balbina se refez o melhor que pôde e continuou conversando com a nora. Reafirmou sua confiança na discrição de

Cleonice, pediu-lhe que jurasse nunca contar seu segredo para mais ninguém. Poderia contar com sua amizade incondicional. Se antes ficara receosa de que não fizesse seu filho feliz, hoje estava convencida de que Josué não poderia ter encontrado mulher melhor, nem mais compreensiva. Trocaram gentilezas e promessas de lealdade recíproca pelo resto da vida. Balbina ainda lhe pediu que doravante a chamasse de mãe, pois a chamaria de filha.

A paz entre as duas não seria abalada por nada nem por ninguém. O pacto foi firmado enquanto sorviam chá quente e comiam bolo caseiro. Balbina levou a nora até o elevador e a abraçou com força. Beijou-lhe o rosto, afagou-lhe o ventre já pronunciado e mandou um beijo para Josué. Entrou em casa e foi para o quarto chorar o resto da tarde. Precisava colocar toda a sua dor e emoção para fora, mas estava aliviada e verdadeiramente tranquila.

Cleonice jurara guardar seu segredo. Não acreditara inteiramente, pois sabia que mulher alguma é totalmente confiável, mas sua intuição lhe dizia que Cleonice devia ter algum interesse oculto, que a fizera procurar sua amizade e apoio. Não atinava com o que seria, mas também Cleonice guardava um segredo que precisava ser preservado, e ninguém melhor do que uma sogra ranzinza para defender uma nora em situação de perigo. Sorriu intimamente, pois estava convencida de que negociara uma troca de favores. Enquanto interessasse à nora manter sua imagem de mulher honesta, seu segredo estaria em segurança.

32.

Quando Bento e Luciana voltaram da lua de mel, ofereceram um almoço para Balbina e os filhos. Júnior, inexplicavelmente, alegou uma viagem de última hora para não comparecer. Luciana e o marido tentaram entender, mas ficou no ar uma dúvida sobre o que realmente acontecera. Josué e Cleonice chamaram atenção. Pareciam felizes, e Josué conversou com Bento, coisa rara; rompera sua armadura de homem misterioso e calado.

Balbina esbanjava felicidade. Perguntou por Júnior, mas não fez comentários sobre sua ausência. Fez questão de sentar-se ao lado de Cleonice, com quem conversou animadamente. Luciana misturava alegria e curiosidade com o que presenciava: sua mãe ao lado de Cleonice como se fossem velhas amigas era um acontecimento extraordinário e inexplicável, Josué conversando com seu marido lhe parecia um milagre de origem divina. E Júnior? Não acreditara na desculpa de última hora. Se ainda fosse Josué, não ficaria admirada, mas seu irmão mais próximo, o amigo de todas as horas, ah, era muito estranho.

Não adiantava se descabelar. Como não teria resposta até falar com o irmão na segunda-feira, resolveu aproveitar a reunião familiar, coisa rara ultimamente. Era a primeira vez que recebia sua família numa casa que podia chamar de sua; feliz era muito pouco para descrever o que sentia. No fim da tarde, no mesmo clima descontraído, se despediram. Cleonice se adiantou e se ofereceu para deixar Balbina em casa, incumbência que caberia a Luciana.

Na segunda-feira, logo que viu Júnior chegar, Luciana foi à sala dele. O irmão a abraçou e pediu desculpas por não ter participado do almoço, ela quis saber o que realmente acontecera. Júnior continuou negando que houvesse algo além de uma viagem inesperada. Luciana não queria duvidar do irmão, mas a desculpa dele parecia tão sem fundamento quando a alegação de que não tinha nada com Cleonice, enfim, para que insistir mais? Melhor aceitar a desculpa sem sentido do que ficar especulando tolices.

Voltou para a sua expedição, pois o serviço acumulado em duas semanas de ausência demandava pressa e muito empenho. Quando a fábrica fechou, saiu junto com os operários. Precisava passar na oficina, que agora também era sua casa. Haviam decidido que a manteriam. Para não dizer que os donos a haviam abandonado, Bento daria uma ajuda. Não interferiria no funcionamento interno, mas ajudaria no fechamento do caixa e controlaria a programação das entregas, pequenas providências que comunicava à mulher antes de ir para a fábrica.

Luciana passou a observar o irmão mais detidamente, a conferir seus horários e até a expressão do rosto. Achava-o mais preocupado, mais calado do que habitualmente. Ele sempre fora expansivo e sorridente, mas ultimamente murchara.

Cleonice continuava se comunicando com ela por telefone, passando instruções, mas raramente aparecia na fábrica. Quando preparavam as novas coleções fazia reuniões com seu irmão e o chefe da produção; Luciana apenas observava, admirando o talento da cunhada para criar novos modelos e desenvolvê-los. O sucesso de suas lojas era merecido. Nessas ocasiões, Júnior e Cleonice ficavam tardes inteiras fechados no escritório, mas ela nunca notou nenhum tipo de comportamento estranho ou maior intimidade entre os dois. Pareciam ser apenas sócios, afinados em suas ideias e métodos de produção e comercialização. Ela fora uma tola ao pensar que havia envolvimento amoroso, se envergonhava de seu comportamento impulsivo.

O que mudara muito na rotina do irmão, além da aparência mais séria e de estar mais comedido nas observações e sorrisos, é que sempre saía da fábrica mais tarde. Nos fins de semana sumia, e passava vários dias sem visitar a mãe, Luciana ficara sabendo porque Balbina lhe contara. Era a vida dele, dissera Bento, quando ela foi pedir ajuda. Ele era solteiro, tinha direito de ter algum romance que queria manter escondido, talvez não fosse conveniente expor-se para a família e os amigos. As suspeitas de Luciana tomaram fôlego novo. O romance de seu irmão era com a cunhada, ela teve certeza, mas não teve coragem de contar para o marido.

A filha de Cleonice nasceu de parto normal. Júnior não escondeu que estava contente. O ambiente era de festa. Quando foi visitar a sobrinha, Luciana encontrou Júnior no quarto, conversando calmamente com Cleonice. Os dois se assustaram com sua chegada. Júnior disse que já estava saindo, e que foi bom ela chegar para fazer companhia para Cleonice. Voltou da porta do quarto para beijar Cleonice no rosto, e em seguida a irmã. A menina se chamava Larissa, nome escolhido por Cleo, pois Josué preferira não opinar. Mas Luciana ficou sabendo que ele já estivera na maternidade e estava feliz. Cleonice segredou para Luciana que pretendia ter outros filhos, talvez quatro ou cinco, para atender um pedido de Josué. Luciana se espantou, mas não fez comentários. Nunca imaginara que o irmão arredio gostasse tanto de criança. Cleonice contou que Josué amava a casa cheia de filhos, e lhe pedira para não lhe negar esse desejo. Queria ter uma família quase igual à da casa de seus pais, ela é que ponderou que quatro seria suficiente, mas acabou concordando em satisfazê-lo: se tudo corresse bem no parto de Larissa, teriam cinco filhos.

Luciana ficou conversando com a cunhada a tarde toda. Cleonice estava precisando de companhia, foi o que percebeu. Não voltaria diretamente para casa a pedido de Balbina, que queria que ela fosse com Larissa para seu apartamento. Ficaria alojada no quarto que fora de Luciana, para a avó poder cuidar da neta nos primeiros dias. Cleonice concordara de bom grado, pois sua sogra se tornara sua mãe, que perdera muito cedo. Luciana não fez comentários. Estava em estado choque com as novidades. Acreditava porque estava participando, mas era algo inesperado e inexplicável para ela. Balbina cuidando de Cleonice? Era inacreditável. Precisava levar um beliscão para acordar daquele sonho maluco que tinha tomado conta de sua mente e se materializara em sua vida.

Quanto contou para Bento ele não demonstrou nenhuma surpresa, apesar do espanto da mulher. Achava mais do que natural a sogra cuidar da neta e da nora, enquanto a criança estivesse se aclimatando à vida fora do útero. A avó tinha experiência em dar banho, por exemplo, coisa que Cleonice devia desconhecer. Aprenderia com quem tinha a experiência de ter criado e cuidado de sete filhos.

— Todos saudáveis e bonitos, como sua mulher — acrescentou, beijando Luciana.

Júnior visitava Cleonice e Larissa todos os dias enquanto estiveram na casa de sua mãe. Josué veio duas vezes: no dia em que as levou e no dia em que foi buscá-las. Luciana comentou com Balbina a indiferença de Josué. Balbina não a interrompeu, fato incomum, mas Luciana não deu importância. Quando a filha terminou de falar, ouviu de Balbina o que nunca imaginara: sua mãe saiu em defesa da nora como se Luciana a tivesse ofendido. Luciana se desculpou, pois não havia tocado no nome de Cleonice, de quem gostava e a quem admirava. Balbina foi impiedosa:

— Acho que você está com inveja de Cleonice, uma mulher feliz e realizada, agora também como mãe. Não é por culpa dela que Josué não veio mais vezes. Meu filho é assim mesmo, e você sabe disso. Isso não quer dizer que não se importa com a mulher e com a filha. Cleonice é uma mulher perfeita para Josué, não sei se ele a merece, sendo como é. Tomara que seu outro irmão encontre uma mulher igual para se casar, ao invés de ficar aí babando com a sobrinha.

Luciana levantou-se sem dizer nada e saiu sem se despedir. Não queria chorar na frente dela. Foi para casa e desabafou com o marido.

33.

A vida foi retomando seu curso normal. Luciana passou algumas semanas sem ir ver a mãe, mas com a insistência de Bento, acabou cedendo. Balbina não pediu desculpas, agiu como se nada tivesse acontecido. Não perguntou por que ela tinha sumido, e Luciana achou melhor assim. Cuidaria de seu marido e em breve lhe daria um filho como havia prometido. Saberia como educá-lo sem a ajuda da mãe, tinha aprendido cuidando de seus irmãos mais novos.

Júnior nunca voltou a ser como era antes, feliz e sempre sorridente. Larissa era seu assunto predileto. Luciana amava a sobrinha, sempre ia vê-la e brincar um pouco. Cleonice continuava uma doce criatura, dedicada ao trabalho, à casa e à filha. A grande novidade não demorou: Cleonice estava grávida novamente. Luciana se apressou, e antes de seu segundo sobrinho nascer, também engravidou. Cleonice, quando soube que seria um menino, escolheu logo o nome: Baltazar. Josué não se opôs. Seria sua homenagem ao sogro que não conhecera, e também ao seu cunhado e sócio, contou primeiro para a sogra, que contou para Luciana antes de Cleonice.

Seu filho, se nascesse homem, teria o nome do pai, Luciana decidiu. Mas Bento discordou. Seu apelido era razoável, mas seu nome verdadeiro não permitiria. Não gostava do nome Benedito. Optaram por Bento. Luciana não queria brigar com o marido.

Júnior e Cleonice levaram suas vidas paralelas, sem correr grandes riscos. Josué nunca soube que o pai de seus filhos era o irmão. Conformara-se com o diagnóstico definitivo de seu médico, logo após o resultado dos exames que fizera antes de se casar. Era portador de uma deficiência pouco comum em homens, já nascera infértil e não havia como reverter o quadro. Não poderia ser pai. Qualquer tratamento seria inútil, pois a ciência ainda não descobrira a razão da infertilidade congênita. Quando se tratava de produção insuficiente de esperma era possível tentar a fecundação *in vitro,* mas no caso dele não havia tratamento eficaz. Isso não interferiria em seu desempenho, as relações sexuais seriam normais, mas sem fecundação.

Sua incapacidade de reproduzir foi resguardada com desusado zelo, até o dia em que travou uma briga com Cleonice e ameaçou mandar segui-la para descobrir quem era seu amante. A gravidez já estava adiantada, e ela afirmava ser ele o pai. Logo depois da briga, Cleonice procurara Balbina. Josué não deu importância, pois a mulher não seria idiota de contar para a mãe por que tinham brigado. O sonho que acalentava desde jovem era ter uma prole grande, como em sua casa, mas com filhos dele com sua mulher. A natureza fora perversa, e ele se conformara por absoluta falta de opção. Teria todos os filhos que sua mulher lhe desse, seria chamado de pai, o que verdadeiramente desejava para completar a felicidade possível naquelas circunstâncias. Amá-los seria um exercício de desprendimento. Teria gosto em ver os filhos à sua volta quando voltasse do trabalho, desde que o chamassem de pai, mesmo depois de adultos.

Quando insistiu, após a briga, em saber quem era o homem que sua mulher elegera como amante, ela o fez retroceder. Compartilhou o segredo de sua paternidade adulterina com Balbina e prometeu que nunca contaria para ninguém. Josué entendeu que o silêncio de Cleonice sobre sua mãe valia para ele também. Nunca saberia quem era o pai de seus filhos. Teria que sujeitar-se às exigências de Cleonice, que se estendiam à inteira liberdade que teria para conviver com o amante, mas com absoluto sigilo de sua identidade.

Como é inútil procurar lógica no coração humano, Josué aceitou o pacto e nunca mais falou no assunto. Cleonice se convenceu de que se casara com um homem estranho. Mas a vida lhe preparou outras surpresas. Luciana e Bento foram premiados com gêmeos na primeira gravidez, dois meninos que se tornaram suficientes para ocupar todo o tempo livre de Luciana. Mesmo com a ajuda de Bento, um pai encantado na idade madura, em pouco tempo ela se viu obrigada a se afastar de suas obrigações na fábrica.

Foi uma decisão dolorosa para ela e uma tragédia para Júnior. Sem Luciana na fábrica, abriu-se um vazio difícil de ser preenchido por uma funcionária, por mais eficiente que fosse. Mas não havia como reverter a situação. Luciana ficou preocupada, pensou que sua saída da fábrica era o motivo da tristeza do irmão, embora sua ajudante continuasse na expedição, que seguiu funcionando com a mesma eficiência, como se Luciana continuasse trabalhando. Júnior passou a Renovadora Passo a Passo para a irmã, que queria ter alguma ocupação para preencher o tempo quando os gêmeos lhe dessem uma folga.

A avó ficou encantada com os meninos no primeiro momento, mas depois pediu que não os levassem mais ao apartamento, pois eram malcriados e levados demais. Gostava de sossego. Os filhos de Josué eram sempre bem-vindos, quando bebês e depois de crescidos, quando destruíam tudo que encontravam no caminho de suas brincadeiras. Balbina chamava os quatro de "anjinhos da vovó Bina", e nunca reclamou por serem muito agitados.

Cleonice andava inteiramente perturbada com a tristeza de Júnior. Quando Baltazar nasceu, o amante não se conformou em não poder vê-lo quando quisesse. Desde o nascimento se apegara a ele, que o chamava de tio. A semelhança física entre os dois era impressionante, até Josué, sempre distante e desinteressado de tudo, comentara que parecia ser filho de seu irmão e não dele. Foi um mal-estar geral na família.

Em um fim de semana em que Cleonice não pôde ficar com Júnior no apartamento, pois seus quatro filhos estavam crescidos e exigindo mais sua presença, ele se matou aspirando e ingerindo uma dose excessiva de cola de sapateiro semidiluída em refrigerante. O laudo do exame de toxicologia revelou que a vítima fazia uso do solvente há muitos anos. A dose inalada e a ingestão o tinham levado a uma síncope cardíaca fatal.

Quando o irmão não apareceu na segunda-feira para trabalhar, Luciana foi avisada. Foi ela quem arrombou a porta, ajudada pelo porteiro, e encontrou o irmão estirado na cama. Gritou por socorro, mas já era tarde demais. Cleonice não conseguiu chorar. Engoliu o desespero em memória do homem que a fizera sonhar, e lhe dera filhos para que se lembrasse dele pelo resto da vida.

O segredo do romance foi enterrado com o amante. Restou a Cleonice a certeza de que Júnior nunca se conformara com a situação de ser o pai, mas não poder criar seus filhos.

Josué, por sua vez, continuou cobrando que queria mais filhos. Como contar ao marido que não podia mais, sem dizer--lhe que fora Júnior o seu amante?

www.ingramcontent.com/pod-product-compliance
Lightning Source LLC
Chambersburg PA
CBHW060931180626
46817CB00004B/1482